修竹園詩選

修竹園詩選

陳湛銓 著
陳達生 編

商務印書館

本書由伍福慈善基金贊助出版

修竹園詩選

作　　者：陳湛銓
編　　者：陳達生
責任編輯：張宇程
封面設計：涂　慧
出　　版：商務印書館（香港）有限公司
　　　　　香港筲箕灣耀興道三號東滙廣場八樓
　　　　　http://www.commercialpress.com.hk
發　　行：香港聯合書刊物流有限公司
　　　　　香港新界大埔汀麗路三十六號中華商務印刷大廈三字樓
印　　刷：中華商務彩色印刷有限公司
　　　　　香港新界大埔汀麗路三十六號中華商務印刷大廈十四字樓
版　　次：二〇一五年十一月第一版第一次印刷

ISBN 978 962 07 4531 7
Printed in Hong Kong

庚辰（1940 年）與夫人陳琇琦合照

戊戌（1958 年）冬攝於九龍大磡村，
左次女香生，右幼女麗生

壬辰（1952 年）生朝攝於
香港九龍城衙前圍村寓樓

癸丑（1973 年）夏全家福。前排左起長媳翟友坤、孫女貞慧、陳夫人、作者、外孫張浩文、長女更生。後排左起次女香生、長子樂生、幼子達生、次子赤生、長婿張漢先、三子海生、幼女麗生

庚申（1980 年）夏攝於香港太古城寓樓

辛酉（1981 年）與次女香生（右）、幼女麗生（左）攝於茶敍中

癸亥（1983 年）夏攝於香港太古城寓樓，為孫兒貞信開筆

癸亥（1983 年）生朝與三孫兒攝於香港太古城寓樓，
左起外孫女黃師堯、孫男貞義、孫男貞信

乙丑（1985 年）生朝攝於香港太古城寓樓

乙丑（1985 年）夫婦七秩雙壽與兒女媳婿內外孫攝於香港銅鑼灣珠城酒樓

丙寅（1986 年）春節攝於香港太古城寓樓

·第二十四卷·第一期·

遷校紀念碑

學自蠅爽構禍變起蘆溝蜉日不明羣飛江滬本校遷以待士義不帝秦爰徙匡廬再輾黔筑發書河上卜宅城南棫樸菁莪造養世用鳴雞不已於風雨貞幹無憚於雪霜學道悉人足父化乎言偃撫心高蹈師賽悅乎鄭文得體之明體乾之健七閱于歲一以貫之亦謂不作於人無負於國矣循至三十三年自秋徂冬寇失道南國飛埃殘燈週將息之光穿虎奮尸搏之勢延壽祥北旋肅黔南我故校長王公伯羣忠國護校敵愾彌深知胡命之不能久長而士心之不可波動也屬意赤水易地共綏三年友生來胥宇夫何昊天不弔殲我良人其年十有二月我故校長竟以痛敵微饑撒手渝州于時部署未定變故陡生萬緒重棼九原莫作今校長歐公元懷副校長王公毓祥遂勉從衆心董理其事內務在校賓友扶將之力外承地方賢達嘉惠之誠立校于此又歲半矣今者胡塵掃絕神宇重光長河高流大江東注代馬思歸於北士越鳥冀巢於南枝會子人師待修毀傷之室黃童國士須讀未見之書歸去申江情理宜也然額這傷離文通恨別厚風雖運於鯤鵬雪泥終留其指爪擬御蓉客醉桃笑人之水方滋來禽競響對此景光寧無眷介而況炙於其人屢受其惠振振君子秩秩德音合宅指困供其困乏者乎用是粗紀大端勒諸貞石求著其事並攄厥心民國三十五年六月一日大夏大學立石

1947 年 6 月大夏大學編輯室出版
《大夏周報》刊登所撰之
〈遷校紀念碑〉一文

私立大夏大學聘書

復字第一〇二號

茲聘

陳湛銓 先生為本大學文學院中國文學系專任教授

聘約時限自三十五年八月起至三十六年七月底止

此聘

校長 歐元懷

副校長 王毓祥

中華民國三十五年七月十日訂

1946 年 7 月上海大夏大學
專任教授聘書

2012 年 10 月 16 日華東師範大學
〈大夏大學遷校碑重鐫記〉

2012 年 10 月 16 日大夏大學校友會及
華東師範大學重鐫所撰之〈遷校紀念碑〉

丙子（1996 年）幼孫女貞穎攝於〈大嶼山寶蓮禪寺碑記〉旁

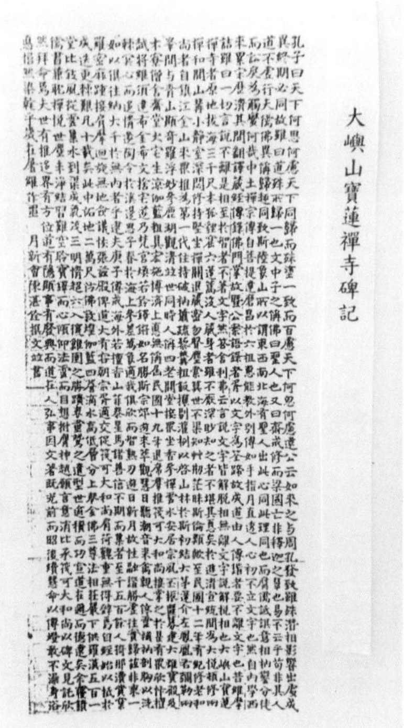

己酉（1969 年）為香港大嶼山寶蓮禪寺撰寫之〈大嶼山寶蓮禪寺碑記〉

辛亥（1971 年）為香港大嶼山寶蓮禪寺牌樓所撰寫之楹聯

癸丑（1973 年）春節攝於九龍何文田寓樓

己丑（2009 年）冬編者攝於嶺南之風園林（香港荔枝角公園）內作者所書七言聯語旁

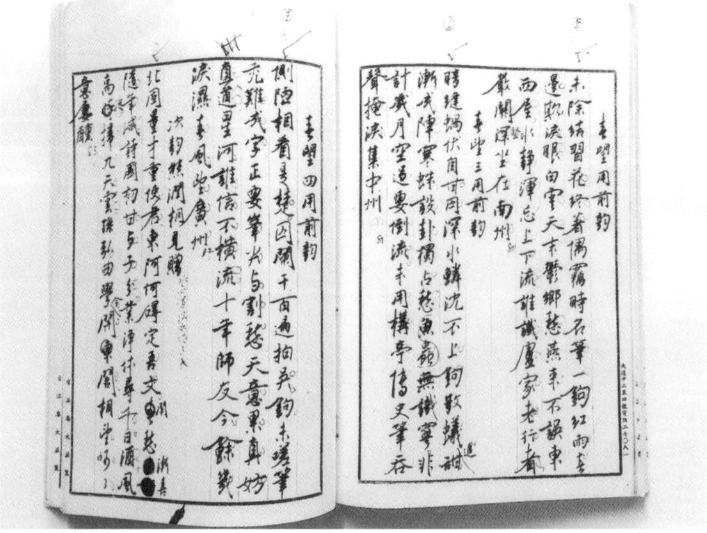

《修竹園詩前集》手稿

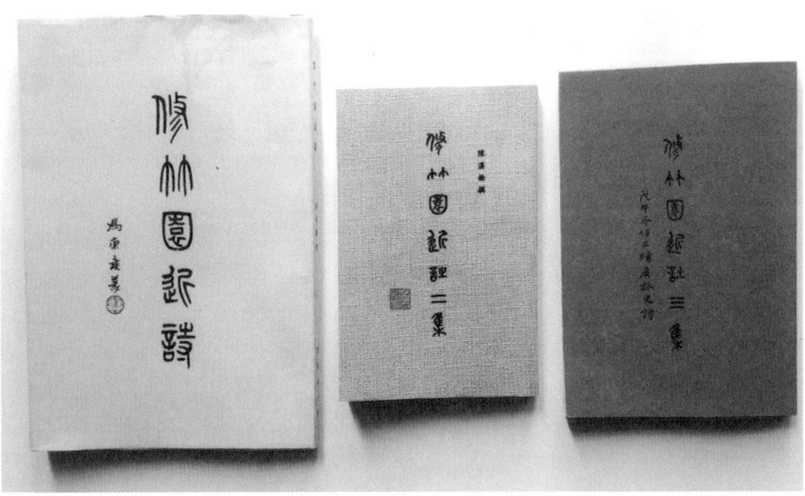

20 世紀 70 至 80 年代門人刊行之三本《修竹園近詩》

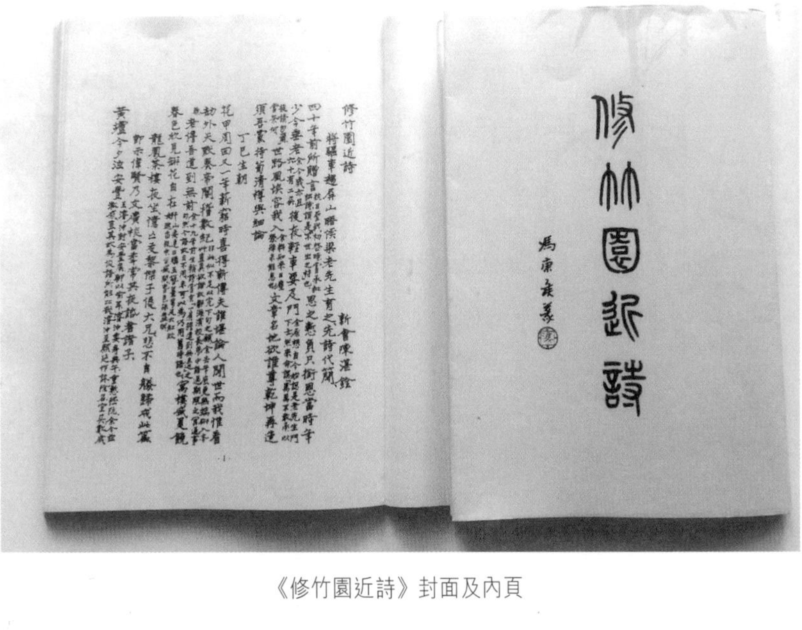

《修竹園近詩》封面及內頁

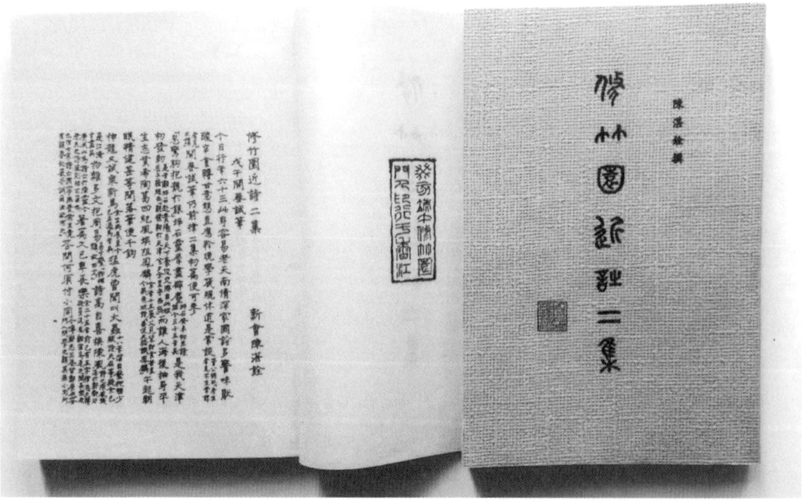

《修竹園近詩二集》封面及內頁

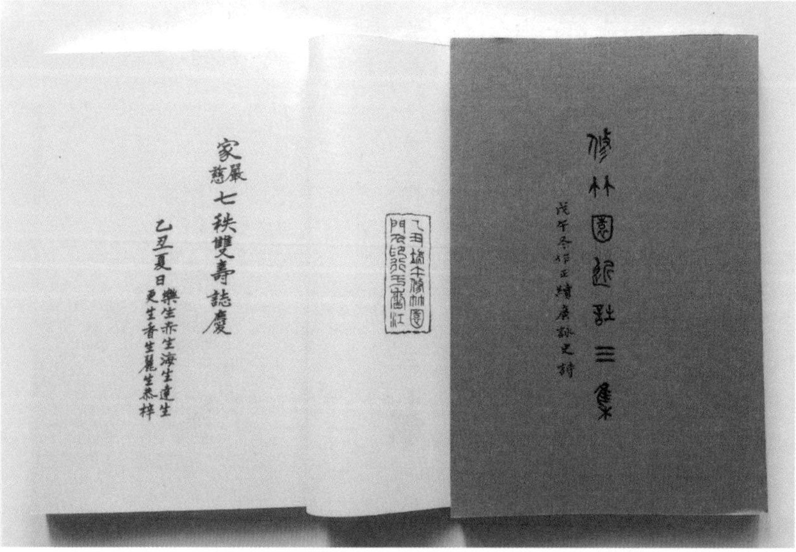

《修竹園近詩三集》封面及內頁

20 世紀 50 至 60 年代遺墨

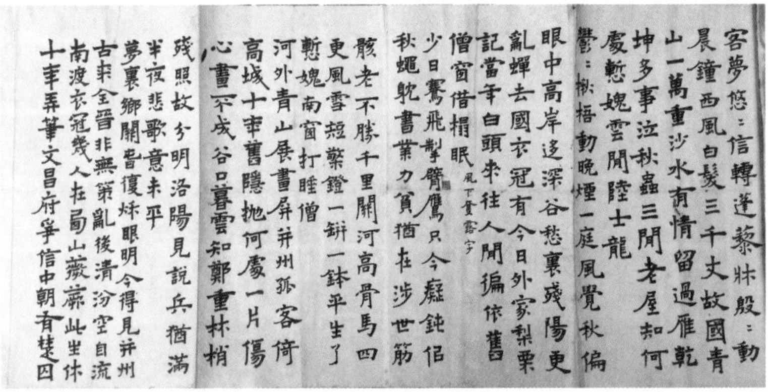

20 世紀 60 至 70 年代遺墨

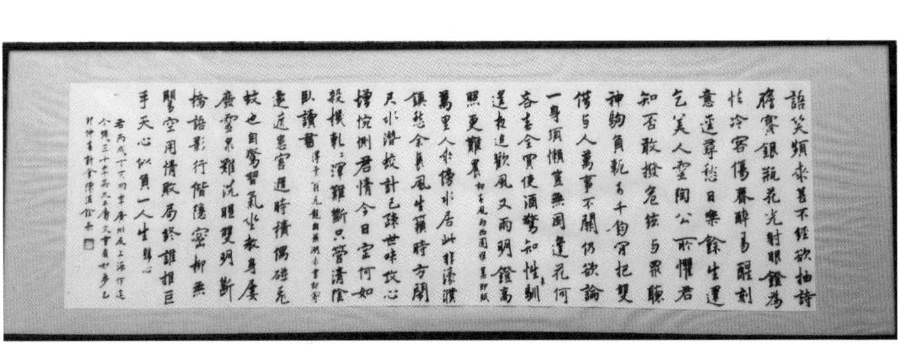

乙卯（1975 年）香港嶺南書院展出橫幅
（原作為長卷，此橫幅是後半，此四首詩均是丁亥作品）

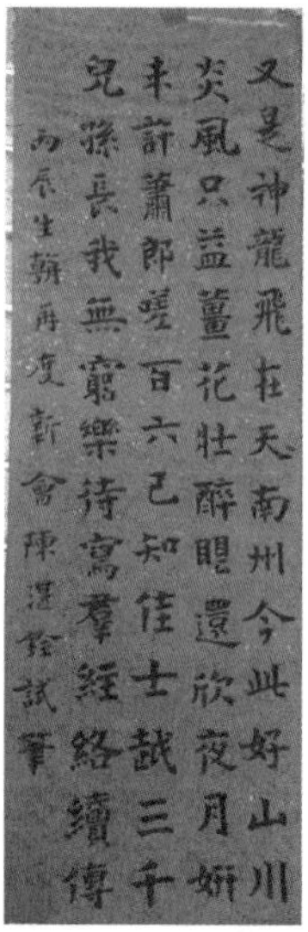

丙辰（1976 年）生朝再度試筆

戊午（1978 年）賀夫人生朝橫幅

乙丑（1985 年）人日贈兒自勉聯

陳湛銓教授事略

陳教授諱湛銓，字青萍，號修竹園主人。廣東新會縣人。民國五年丙辰生於縣之外海鄉松園里。考諱旭良，字佐臣。居港經商。平生輕財仗義，急人之急。月入雖甚豐，而到手輒盡。鄉里皆稱善人。及下世，囊中遺財僅七十元耳。

教授少聰慧，從鄉宿儒陳景度先生受經學、詩、古文辭及許君書，並隨伍雪波習技擊。十五歲失怙。越年，赴穗垣入讀禺山高中。此前並未接受新式學校教育，遑論初中矣。於時家道中落，寄食七叔父家。教授出身苦學生，每每晨起至夕始得一飯。雖則飢腸轆轆，然益自奮厲，每試必超優，屢得獎學金並免學費。高中教育因以完成。弱冠投考國立中山大學，本欲研物理。會回鄉省親，茶座中與景度師偶及此事，為師所止。謂吾道賴汝昌，姦凶奮誅鋤。因改弦易轍，攻讀中國文學系。師事大儒李笠雁晴、詹安泰祝南、古直公愚、陳洵述叔、黃際遇任初。抗心希古，出入經史百家。詩則取徑於陶、杜、蘇、黃、放翁、遺山諸大家。既學積而氣雄，人豪而材大，所為詩已橫絕不可當。自弱冠而越壯年，諸同學並前輩均以「詩人」見呼。雖師輩亦嘉為江有汜、真宗盟也。畢業後即獲張雲校長器重，聘為校長室秘書兼講師，此殊榮為該校畢業生之第一人。時年二十五耳。

抗日軍興，教授隨校轉進坪石、澂江等地。越二年，任教貴陽大夏大學文學院。明年，避兵離貴陽至赤水。於時見知於陳寂園、尹石公、葉元龍、孫亢曾諸前輩。煮酒論詩，時多唱和。石老自恨其晚，葉公尊之為天下獨步。及勝利回粵，本以歷數年抗戰奔波，不再擬遠行，然終以難卻大夏大學之再三催促而赴滬。及後，廣東教育耆宿黃麟書先生籌創廣州珠海大學，乃慕名遠赴上海聘其返穗。教授亦冀能多造福桑梓，毅然辭退大夏大學教席，返穗任珠海大學中文系教授。民國三十八年，神州易手。隨校轉遷香港，並講學於學海書樓。迨蔣法賢先生籌辦聯合書院，禮聘教授規畫中國文學系。及蔣氏去職，教授激於義憤，接淅而行。於時兒女成行，家累奇重，倉卒離校，實朝不謀夕者也。而惟義是重，一切不之計。其高風亮節，足以振末世而起頑愚。

教授專力於羣書六十餘年，以國學為終身事業。積學既厚，真氣彌充。乃於民國五十年創辦經緯書院，宣揚國故，恢開義路，嘉惠來士，力迴狂瀾。宿儒曾希穎曾稱經緯為「國學少林寺」。今港中後輩治國故之真能拔乎其萃者，多出其門下，誠無愧此錫號矣。惜時地未便，雖艱苦支撐，亦七年而止。嗣先後任浸會書院、嶺南書院中文系主任。迨八年前因健康欠佳而辭退所有教席，惟仍講學於學海書樓，潛心述易賦詩。其著述計有周易乾坤文言講疏、周易繫辭傳講疏、莊學述要、詩品補注、陶淵明詩文述、元遺山論詩絕句講疏、杜詩編年選注、蘇詩編年選注、修竹園叢稿、讀書劄記及修竹園詩都三萬六千餘首。

教授一生，肩擔大道，既儒且俠，嚴霜烈日，積中發外，故多行負氣仗義之事。視己所當為，恒不顧人之是非。尤恨偽學，輒痛斥之。下筆萬言，廉礪剽悍，銛於干莫。嘗謂在今日橫流中，如出周、程、朱、張之醇儒，實不足以興絕學。要弘吾道，都須霸儒。蓋遏惡戢姦，似非天地溫厚之仁氣所能勝也，故自號霸儒。平素以拘謹勝縱恣，爭萬古，不爭朝夕。教子姪勉諸生，謂仲尼稱射且必爭，況名山真事業耶。至塵俗間之浮名虛位，如不忽之浮塵，視同土梗。且不足以論事功，何文辭之精聖賢之學所以發揮哉。以故教授不甘挫志損心，折腰於廊廟。於衣、食、住三者幾不知享用。斯君子固窮，道勝無戚顏之真儒也。民國七十五年十二月二十日以疾卒，春秋七十有一。

夫人陳琇琦淑德賢良，通曉文墨。教授詩所謂「老萊有婦共逃名，詞賦從來陋馬卿。自讀家人久中饋，何須夫婿在專城」者也。子樂生、赤生、海生、達生，女更生、香生、麗生並研習國故，紹其家學。

（原載於一九八七年五月三日「陳湛銓教授追思大會」場刊）

目錄

附錄：

序

先師陳湛銓先生少子達生弟攜此集示余曰：「君早歲從先父習詩逾廿載，師弟之情，既深且固。今斯集編就，行將付印，倘得君言以序之，豈非佳話乎？」余不答，謹受之。歸讀旬日，心有感焉，遂援筆，成此序焉。

吾知集句本文人之文字遊戲，然集之精者，誠可誦而可傳也。宋沈括《夢溪筆談》云：「王荊公始為集句詩，多者至百韻，皆集合前人之句，語意對偶，往往親切過於本詩。」其後文人倣而為之者，代有其人。約而言之，有宋魏慶之之集唐宋人警句、文天祥之集杜詩、清趙翼之集蘇軾、陸游、查初白詩，王士禎之集同時人施閏章詩八十餘聯而名之曰《集句圖》。然此皆一人集眾古人或單一同時人之句也。至若詩人集一己所選詩五百餘聯以成圖者，殆自陳師始也。

是集收選詩三百二十七首，五、七言集句凡五百餘聯。今分初、中、後三期以略論之。

初期：自一九三九年陳師二十四歲至一九四五年三十歲。於此六年間，陳師自廣東赴雲南，復至貴州。隨校攜書，挈妻帶子，間關輾轉於僻邑荒村，作計稻粱於上庠講習。時值抗戰，物質奇缺，心情鬱苦，生事衰微。惟於時詩作，即選猶得一百六十三篇、五、七言集句共二百四十三聯，亦異事也。余捧卷研讀，得「鍛意刻酷，煉字精切，深緻奇峭，警健沈雄。」十六字焉。今既云斯集含摘句圖以成，則余謹列舉其摘句以先談之，不其然乎？（句下細字乃作者淺見）

〈別澂江〉之「着力移身疑負重，此行除夢更難來。」上句奇警。着、移、疑三字俱尖新。〈春寒四首，用曾蟄庵韻〉之「淨水有靈應洗髓，寒風如舊不關心。」精鍊。「屢從遙夜尋前夢，便有良媒已後期。望斷緗簾慳半面，滴殘紅蠟鑄相思。」「寒來白鶴能知事，別後青蛾不到鐙。」幽思縹眇，情極騷雅，是難言而能曲盡者也。〈重有感〉之「閉戶有時驚啄木，吞聲從此當還珠。」下句新警。〈武江濱晨起獨行〉之「人墮曉煙千點裏，句成秋雁一聲中。」〈澂江回憶圖，為徐學瀣作〉之「曲水吐雲隨屐齒，浮嵐篩雨落花洲。」新奇俊秀。〈江樓十月〉之「情極欲春雙岸樹，夢回呵冷一樓雲。」春字新而活。〈江樓聞鶯〉之「沿江一路花爭樹，過水長雲墮有聲。」爭、墮二字活而警，語極清俊。〈坪石冬至後七日作〉之「與天延一脈，乘間理羣書。短筆支懷抱，寒風問起居。」「雲水含天性，風霜鍊我詩。寒禽巢木末，零羽墮江湄。」辭情深練，得宋人五言律之神髓。〈感事〉之「錦被鴛鴦惟飲淚，冰蠶心緒不瞞春。」難言能曲盡，精切。〈坪石歲闌〉之「破夢驚天看洩雨，冷雲於我若為懷。睡餘對景從生幻，客裏無花便不佳。」淺處見雄奇。〈江樓二月〉之「江樓俯景有生氣，小子與春同一家。」流水活對，新警。山谷法也。〈繁星〉之

「心勅天風帶愁往，袖攜花葉閉門書。」開闔有情。〈歲闌雜詩，依平水韻得三十律．魚韻〉之「何處更尋天下士？有時倒讀壁中書。」難尋天下士矣，跌宕書幃，倒讀壁中書以自縱，又何妨哉！意奇。對句中見頓挫，山谷法也。〈青韻〉之「日月運天疑失路，膽肝懸腹的如星。」警健沈雄。〈曲閣〉之「鐙前詩任青蛾撲，夢裏人如錦瑟長。」鍛意煉句兩精審。〈无盦師疊錫二詩見懷，因報坪石〉之「人前一默常成慟，腹裏千詩欲化兵。」淺處見雄奇。〈酒人〉之「微陽初閣翠湖雨，乳燕學飛紅杏天。」閣字警活，流麗清新。〈河干〉之「氣度正思全拔俗，交親猶訝不居官。」格高，山谷調也。〈次女生後十日作〉之「漸成牛馬供兒女，猶奮文章博斗升。」供、博二字是自家語，下得穩當。〈雜詩〉之「未謀金印思工篆，絕惜紅衣學種蓮。」思、學二字精切，所謂六字尋常一字奇也。〈入市〉之「窮山有我應生色，鬧市行身不入時。」自矜自嘲，新奇。〈支夜〉之「別來歲月人誰在？書到窮愁字亦斜。」鍛意刻酷。

余嘗自質陳師於雲、貴六年間，生涯清苦，得佳章竟若是之富，其將以詩為日課歟？抑以詩誇人歟？此久懸而未得其決也。及憶陸游〈悶極有作〉之「老人無日課，有興即題詩。」與韓愈〈荊潭唱和詩序〉之「夫和平之音淡薄，而愁思之聲要妙（精深微妙），懽愉之辭難工，而愁苦之言易好也，是以文章之作，恒發於羈旅草野。」云云，吾盡得之矣。

中期：自一九四五年陳師三十歲至一九四九年三十四歲。斯五年間，始而抗日勝利，心情開朗，英風猛氣之作殊多，觀其〈聞日寇已降，快意急成八首〉可知矣。後發貴州、赤水，經重慶，泊澧江，過洞庭而抵粵，以迄違難來港前五年間（是時曾短期執教上海大夏大學），陳師吟詠無輟，惟以時局雲變，人事麻紛，詩風平添一派婉約深沈氣息，惟精煉新警之本色猶未稍減也。今就其選詩九十二首，集句一百六十二聯續言之。

〈越二日抵赤水，復成八首〉之「八年飲淚成瘀血，一藥安心作好詩。」「急典裳衣辦豐饍，亂敲盤盞祝中興。」「已忍奇窮十年足，欲陳佳句萬人前。」「爾日還家身好在，吾邦有道富應求。」「花間掉臂春曾識，意氣充身士不寒。」「放步衝風殊穩重，有才如此豈尋常。」快意高歌，得杜老〈聞官軍收河南河北〉之遺，士為國用，求富有道，儒家志尚，溢於言表。〈簡何曼叔重慶〉之「劫火全殲處褌蝨，心光新鍊不祥金。」用莊子、阮籍語。妥貼。〈行身〉之「食字疑能飽，逢人欲諱窮。」上句尖新。〈離恨〉之「江風吹水月，人影拂林鐙。夜色好如許，歸心淒欲凝。」一、二如畫，三四精鍊。〈重慶朝天門夜泊〉之「寒雀喧林歌別調，鐙船行水佈危棋。」〈澧江夜宿〉之「冬心霜月裏，時論水聲中。」平淡見雄奇。〈過洞庭湖舟中作〉之「舟衝狂浪無窮疊，心入寒雲最上層。近岸人家收鴨隊，夾江林影閃風燈。」逐句鍛鍊，讀之如畫。〈越秀山重游，偕伍宗法〉之「山氣徒傾三面秀，天風吹散十年狂。」清狂，英氣駿發湍飛。〈歸客〉之「清言思鄭重，淺處見雄奇。」陳師詩箴言也。〈元日陰雨，懶不出門，酣睡過午，起坐成句〉之「時論是非隨爆竹，情春風韻在童孩。」情真事真，未經人道。〈初四夜大雨〉之「欲呼天乙神雷起，大破侯門春夢濃。」不平則鳴，蓋寫實也。〈寓樓即事〉之「佳人可惜難同世，俠骨何妨稍不文。欲築肝腸成壁壘，奮揮文字戰風雲。」俠客志士之氣一併而出。〈某夕睡起〉之「明水觀身虛自賞，瓶花孕子那能肥？」見道語。〈上海春寒〉之「近來英氣看終滅，漸老情春更做寒。」低徊意遠，做字尖新。〈小民〉之「濁水未澄休索月，餓鴟難飽欲謀人。」寄託遙深。〈平居不樂，憂患層至，遂有歸心〉之「斷橋語影行偕隱，密柳無鶯空用情。」風華蘊藉，一唱三歎。〈雨夜〉之「短筆淒涼將發菌，美人風雨出無幢。」意鍛句鍊，寄託遙深。〈坐夜〉之「壯懷頗覺潮來往，吾道其如月晦明。」〈寶劍〉之「物論只堪雙塞耳，蟄龍應想一聞雷。」志士苦心之言，沈健。〈酣歌助感，待旦如歲，強自解慰，勉成二律〉之「別無神趣消遙夜，強作風情夢往年。」「尋常淺夢能滋淚，咫尺清溪欲起潮。」風華要眇，讀之教人魂銷意盡也。〈夜永〉之「魚吞星作飯，夢向月謀家。」精警，上句意新。〈書感〉之「焚香深氣息，堅坐到平明。語燕空勞問，禪心戒用情。閉門風滿室，抱膝謝蒼生。」英雄失路，氣格遒勁。〈苦待〉之「可憐乾鵲時欺我，久似寒蛛苦待蠅。水墨濃愁箋上字，風簾敧影夜深鐙。」上二情奇，下二韻遠。〈同无盦師登六榕寺塔最高層〉之「日逐野塵非面目，天留吾手寫江山。」沈雄、警健，非字活。〈棘枳〉之「何慚國士身今退，未犯霜風氣已秋。褎壁自沈寧不惜，將心誅滅那無愁？」惘惘之情、幽幽之恨，溢於言表。〈師儒〉之「遮眼世紛成鬼趣，堆胸王略作師儒。情閑易可生禪慧，機熟何須數念珠？」自怨自艾，奈何？〈自我入禪，不復經意於文久矣。寓樓閑寂，心氣交平，人生無常，物論何極，明燈忽滅，坐以待旦〉之「鐙花未障枯禪眼，物論何如齧鼠聲。十指無鋒羣賊迫，九州全墨一心明。」俠客入道，猶露殺機。〈此娃〉之「語重耳根盤大岳，夢深心水茁靈花。」〈林園已春，與靜君深談〉之「百樂匯為心上語，萬花齊怯眼中人。」情語，以健筆出之。

後期：自一九四九年陳師三十四歲至一九七八年六十一歲。於此二十八年間，皆以講習上庠為職志，特人事陸離、閱歷光怪，入世漸深，用情多舛。明眸觀於物外，孤憤鬱乎胸中。三期詩語，一世行藏，後之讀者，當如見其人矣。今就集所選七十三首，句一百四十六聯以言之。（陳師於後期輟吟者凡十餘載）

〈挈餘等招余同靜君登太平山絕頂作〉之「跨脚恐傷千穴蟻，昂頭疑觸萬重雲。天門咫尺寧無鑰，石陣縱橫欲建軍。」上二奇，下二壯。〈出定〉之「背人私賞杯中我，無意重觀天下書。」情何以堪？杯中我，新。〈遣懷〉之「追夢裏春休失足，論天下事欲從頭。」上四下三成句，意平句新。〈怨詩〉之「玉顏不字身將老，月地難妍夜向晨。枕上如聞慈母歎，世間安見有情春？」上聯，讀之教人魂消意盡；下聯流水，哀怨、溫馨。〈海旁獨行〉之「莫教懸璧輕離握，未信圓顱盡是人。獨醉自憐書甲子，一竿時欲釣乾坤。借一韻。」〈送別佟紹弼〉之「胸中冰炭殊恩怨，度外風波一死生。宛聽中丞喝南八，亟須孤島起田橫。」聲大沈鬱，先生獨有。〈禪關〉之「門外更無羅雀地，世間還見沐猴冠。文章正脈看將斷，風雨危絃苦自彈。」詞理縱橫，文筆沈健，絕唱高蹤，久無嗣響矣。〈感事〉之「秦哀曷不歌袍澤？新莽徒知辨鳥蟲。結影固盟情自篤，頂天孤往路殊通。明妃嫁與胡兒了，聽得琵琶耳欲聾。」一句謂美國為何不出兵助國府？二句謂中共進行漢字簡體化運動。三四句謂己孤軍作戰，吾道必勝。五六句謂中國無奈承認外蒙獨立，以現代史事託之於詩，手揮目送，撫心沈痛，慷慨高歌。〈酒醒〉之「可憐斷蚓成甘餌，準化寒蛛吐苦絲。犬吠不知春到未，酒醒無奈夜闌時。」癡憨之情，活然紙上。〈答賓〉之「朱首如堪久南面，黃河寧信忽西流。」大聲疾呼如金石鳴。〈尖沙咀夜渡〉之「如何錯躡人間路？更坐黃牛上水船。」行世悲苦，教人心酸。〈新秋雜詩〉之「來雲作好聯緜淨，去水無聲獨自歸。」〈失題〉之「三年竟閱無窮世，一室閒回自在春。」〈獨行〉之「隨身有影寧非偶，舉眼觀空識此春。」〈夜起〉之「真氣略能消積夢，閒門休與入新愁。」〈春望用前韻〉之「燕來不誤東西屋，水靜渾忘上下流。」誠心氣交平語也，殊有佛味。〈至夜〉之「寒窩抱影如是住，落月滿窗何處今？」清苦自厲。〈渡海探舊〉之「春色也應輸酒面，佛身何必是貞童？」上句自負，下句負氣，皆真情也。〈待曉〉之「沈冥非溺酒，英霸自難臣。」本色語。〈戊戌十一月十一日，偕潤桐、簡能、水心，攜聯大詩社諸子薄遊荃灣，憶故國立中山大學校長張子春先生。荃灣，先生之廬墓在焉〉之「十年天日風波外，滿眼山川涕淚中。」〈春望用前韻〉之「紅雨春邊欺淚眼，白雲天末鬱鄉愁。」〈重陽後四日，經緯文社同人雅集藍地偉園，各賦〉之「日月有明千劫在，江山和夢十年休。」家國身世之情，溢於言表。

吾文書就，已數千言，篇幅大矣。謹再成一律，以申我懷，肺肝之言，工拙不辨矣。

詩曰：

斯文不可絕，萬古水東流。鷹隼擊何處？風霜橫勁秋。
詩存過萬首，氣壓最高樓。何日來吾手？放懷全讀休。

門下士　李鴻烈敬序於二零一五年仲夏風遠樓

修竹園詩選

將自港如滇，諸朋好招飲市樓，賦此為別（一）　己卯

〔一九三九年〕　時年二十四

世路平陂早已詳，不於今日決行藏。乍明鐙火矜初服，如此江山要一匡。容我摶雲九萬里，還身揮翰十三行。瀕行時，交親多授紙求書，未暇盡應。臨杯共有微茫意，莫笑癡兒吐語狂。

（一）　先嚴於一九七八年刊行之《修竹園近詩‧修竹園詩前集摘句圖》注云：「此是前集之第二首。首篇是五言古，句句韻者，前此一年作。余存詩自二十三歲始。」

昆明大觀樓　己卯

挾策攜壺過野橋，一襟塵累欲全消。水磨明鏡春魂盪，風熨金隄柳影嬌。多難登樓天遣恨，萬花圍客氣如潮。行人未了心中事，不要紅妝出見招。

聞粵北大捷　己卯

擊水摶雲看莽蒼，文鱗坐損幾年芳。偶然一夢攀天去，失覺千花送我香。山鳥巡簷呼客起，胡塵無勢得詩狂。還鄉有日扁舟快，待與春風仔細商。

別溦江　庚辰（一九四零年）時年二十五

嘶戶羸騾向客催，寒籐蟠屈鳥飛迴。閑踪追認知何日？鄰叟忘情亦放哀。左鄰李叟，八十獨居，余瀕別招與共飲，竟痛哭失聲。着力移身疑負重，此行除夢更難來。吟鞭錯指故園路，妄道梅花已爛開。

春寒四首，用曾蟄庵韻（一）　辛巳（一九四一年）

時年二十六

江國重寒深復深，微陽醉起獨愔愔。春邊花絮休搖曳，夢裏樓臺久鬱沈。淨水有靈應洗髓，寒風如舊不關心。江南今日須哀賦，奈竭吾才未可任。

長待中興恣鼓吹，聲聲猶是斷腸詞。屢從遙夜尋前夢，便有良媒已後期。望斷緗簾慳半面，滴殘紅蠟鑄相思。囊金異日春全買，準擬重緜薦履綦。

憑高望遠意難勝，亂落春紅已滿塍。真有清時甘馬走，漫誇吾漢以龍興。「漢以龍興」用班書。寒來白鶴能知事，別後青蛾不到鐙。須信癡兒語非誑，離懷一往凍於冰。

莫怪寒儒語不休，吾儕原自有沈憂。長從蠹簡收殘墨，那得天池肆壯遊？故國別來無短夢，此春行後又荒邱。愁邊即物徒增恨，何日樓前斷紫騮？

（一）先嚴於〈修竹園詩前集摘句圖〉注云：「晚春，寓居坪石清洞作。先師詹无盦先生時與余比鄰而居，覽此四章，謂騷雅蘊藉處與蟄庵伯仲，而氣力且勝也。」

重有感(一) 辛巳

篝歛清簾風在呼，枕囊蘭氣已全無。連旬狂病難謀藥，一片愁懷欲化湖。
閉戶有時驚啄木，吞聲從此當還珠。徐拈花筆添朱墨，主客俱新與作圖。

(一) 先嚴於〈修竹園詩前集摘句圖〉注云：「時居坪石鐵嶺，中秋後作。」

前題第二首

攻玉裁環寄路遙，行郎可復念奴嬌。樓臺心眼人雙淚，煙雨江湖酒一瓢。
叢菊試花初過雨，迴腸沈恨不成潮。他年春底花前見，須記今朝瘦盡腰。

武江濱晨起獨行(一) 辛巳

年少牢憂直萬重，平情何力致詩工。鑱磨濃墨難消渴，欲乞窮山盡化銅。
人墮曉煙千點裏，句成秋雁一聲中。強持綠酒酬黃葉，此戶輕於疾起風。

(一) 先嚴於〈修竹園詩前集摘句圖〉注云：「時余兩兄在港，余獨居坪石。」

澂江回憶圖，為徐學瀣作　辛巳

滿壁縱橫墨撥油，是誰剞刻好山秋？世間情事非前日，眼底江湖憶舊遊。曲水吐雲隨屐齒，浮嵐篩雨落花洲。還疑畫裏人仍我，待撥重寒放紫騮。

江樓十月（一）　辛巳

十月霜風割水紋，寒江浮鴨尚為羣。未遑閑技邀天笑，只有鳴琴怨夕曛。情極欲春雙岸樹，夢回呵冷一樓雲。紅梅已又稀疏放，幾得魚魚報送君。

（一）先嚴於〈修竹園詩前集摘句圖〉注云：「祝南先師覽此詩後，謂余已成詩，以後即不代斟酌一字，惟有曲奬耳。緬想師恩，今猶淚落，余自知成詩尚待三年也。此詩起句云：『十月霜風割水紋，寒江浮鴨尚為羣。』結云：『紅梅已又稀疏放，幾得魚魚報送君。』誌此全詩，表先師之過愛耳！時余詩已自晚唐入北宋，方專力於金華伯，然猶未廢玉谿子也。」

江樓聞鶯（一）　壬午（一九四二年）　時年二十七

起坐樓頭風力輕，林陰二月有啼鶯。沿江一路花爭樹，過水長雲墮有聲。詩趣儘教隨物引，此春原不為人明。冬郎易感芳時恨，新怯當時酒一觥。

（一）先嚴於〈修竹園詩前集摘句圖〉注云：「時任教中山大學理學院，亟欲去之。」

殘春風雨甚厲，江樓索處，憮然有言　壬午

江湖淹短夢，風雨屬離憂。任是春無主，何如人遠遊。樓孤空抱影，鶯老不來謀。臨水一長歎，江雲猶點頭。

撥悶（一）　壬午

復誰矜避世？而我已難狂。不歇雨抽筍，將歸春弄妝。巖花抱香宿，流水競人忙。何處三年艾，療余千段腸。

（一）先嚴於〈修竹園詩前集摘句圖〉注云：「句皆就眼前景而意有所寄者。」

前題二

澄心還有思，於此要難支。動以閒花草，兼之惜別離。尋山先佇立，倚竹又移時。江上雲來往，驚風不自知。

前題三

近水誰相過？將詩氣自驕。如何退飛燕？仍值打頭潮。風定雨還鬧，月明花暫嬌。陳遵漫驚坐，好好向漁樵。

答客 壬午

驚覺來人向我呼，胸中水鏡未模糊。兩肩負重腳根穩，三歲食貧詩骨粗。天地無情肆風雨，英雄失路以樗蒲。於淮雀雉猶知化，莫謂荊卿是酒徒。

坪石冬至後七日作（一） 壬午

懷寶天何愛？尋幽意屢更。稍聽人語響，來貼水雲行。籬菊敗如許。天工殊不情。沈沈江上望，一派可憐生。

（一）先嚴於〈修竹園詩前集摘句圖〉注云：「陳寂園在水牛灣閱此三篇後，翌日踵門過訪，從此交契。」

前題二

于役不日月，兵烽誰掃除？與天延一脈，乘間理羣書。短筆支懷抱，寒風問起居。冬心風浪迫，難得更知魚。

前題三

周星有來復，之子獨居奇。雲水含天性，風霜鍊我詩。寒禽巢木末，零羽墮江湄。飛夢歸田去，牆梅爛幾枝。

絜餘招飲夜歸 壬午

自牧歸荑意且休，飲詩療渴古無儔。是真晝短宜行夜，來向尊前了所憂。
蟄蚓書蟫愁出入，清霜漁火對沈浮。立門尚有星辰感，欲向明河試放舟。

感事 壬午

西北高樓跡已陳，浮雲片片望生嗔。尋常念往啼秋水，萬一歸來已路人。
錦被鴛鴦惟飲淚，冰蠶心緒不瞞春。歲寒風露兼霜雪，桃瓣胭脂染豈勻？

坪石歲闌 壬午

垂老江天甚駁斑，餘寒猶忍把花關。一風不定鳥沈響，盡日酣眠春未還。
有負素心如此水，強移青眼向他山。詩成報與佳人道，倘亦相看為破顏。

前題二

聞道崖巖可斫劖，懷中荊棘力鋤芟。爭如餘子腰腳劣，又被層樓風雨銜。
月向人明空曳白，詩先花放亦傷讒。衹今詞賦工何益？輸與相如有狗監。

前題四

癡兒蕭索小樓居，未變青睛劫火餘。近水思魚終懶慢，瞞愁鼓腹費吹噓。
江湖有笠貧非病，店舍無煙歲且徐。六日蟾蜍成贅累，十年懷抱欲何如？

前題六

未將名字付椎埋，終古儒生與世乖。破夢驚天看洩雨，冷雲於我若為懷。
睡餘對景從生幻，客裏無花便不佳。豈意春來賒幾日，就中幽怨費人排。

初旦 癸未（一九四三年）時年二十八

待執靈犀盡辟塵，忽驚胸抱靚於銀。六年避地知何世？一旦將愁賣與春。
到此須閒釣竿手，來朝應是看花人。清江添雨浮佳氣，請出當前鄭子真。

江樓二月 癸未

連旬惘惘心難持，試復開口為聲詩。二月草光舒地氣，一樓春晝似明時。
黃鐘合律世誰賞？白日拏雲天與奇。歷歷疏林葉新綠，正觀吾不更憑危。

前題（一）

新柳鳴禽報消息，疏花文水對清華。江樓俯景有生氣，小子與春同一家。
不必逢人猶便面，若論吾意正無涯。十年危學曾誰會？浪向詞場手八叉。

（一）先嚴於〈修竹園詩前集摘句圖〉注云：「吳辛旨先生過訪江樓，謂是不凡之作也。」

次韻絜餘見贈 癸未

霞蒸日落搔此心，閉門剝啄誰獨吟？水澄山明綠玉潤，花騷鳥擾青春深。哀時涕淚行化碧，與子蹴蹋今同岑。一是儒衣過江者，甚時把臂入霜林。

傷春 癸未

有客離家日屈盤，松篁留得夢中看。去來燕雁相從未？貧賤交親欲見難。長在花時千縱酒，不妨霜刃與披肝。憑虛待了塵中累，三月江風故故寒。

遣懷 癸未

壁立山圍過十尋，盈樽清酒待誰斟？成潮兵氣先秋去，平世人才挾策吟。獨養詩心逗霜月，亂鳴風葉散秋陰。浮遊不似騫騰好，況有人間江海深。

前題

板壁支風夜校書，破空流月過吾廬。直難筆力開天地，上有寒雲自卷舒。

呼侶思為擊鐘飲，驚心原是避兵餘。疏狂倘得明時放，不必王門屢曳裾。

前題末章

躭詩忘睡癖莫殊，冷聽楓林鴻雁呼。星欲長明較肝膽，道雖全枉不江湖。

要能一念千憂了，豈必專城匹馬趨。倦眼臨風稍開闔，秋陽已白東南隅。

繁星（一）

癸未

繁星歷列照離居，懶向秋山認舊廬。心勑天風帶愁往，袖攜花葉閉門書。

三年刻楮思論價，幾日臨流未放魚。後夜相思更清苦，夢魂空託去來車。

（一）先嚴於〈修竹園詩前集摘句圖〉注云：「以上坪石時作。」

羈愁（一） 癸未

羈愁紛如聊舉栝，澀舌覺欲生莓苔。繁霜作勢兵用壯，無客問門風與開。暫斂奇情抱書宿，待揮閒夢款春來。少年行路過萬里，夜半沈吟殊可猜。

（一） 先嚴於〈修竹園詩前集摘句圖〉注云：「時在貴陽，任教大夏大學文學院。」

寒夜將詩，有褱陳寂園區絜餘坪石 癸未

忍寒支夜寂無喧，褱遠傷心捫有痕。得句思能萬人敵，放慵渾擬隻凫蹲。從吾遊者今異縣，何以報之詩七言。誰謂虎頭癡到絕？若論真性有深根。

歲闌雜詩，依平水韻得三十律（一） 癸未

東韻

忍寒抱愁如我窮，靜揀哀絲詩未工。小大兒中今幾見，短長更裏耳雙聾。

醉思即臥酒壚側，風不能吹吾道東。曉涉寒江樓上望，甲秀樓在南明河中。浮雲西北雨濛濛。

（一）先嚴於〈修竹園詩前集摘句圖〉注云：「時居貴陽雪崖路。每首但舉兩句耳！」

冬韻

冰凝夜遙思正濃，天荒地僻風鳴冬。冷暖未應桃李笑，才華豈須妻子容。索句不寐，頗為山妻所笑。《顏氏家訓・文章篇》：「才華不為妻子所容，何況行路！」常怪老蟾追日腳，可無法曲答霜鐘。何來邢魏足跳擊？聖言老子其猶龍。

江韻

封書藩我自成邦，護道忠於守夜尨。儒不誤身思過半，月如臨水捉來雙。賭詩有膽狂難拾，行醉看天力可扛。但許貞松同梗概，拒霜平展綠油幢。

支韻

過眼風光去莫追，累年迎逆計安施？拔毛吹劍無多技，琢臀充盤又一時。豈不張弓思射日？要知茹苦最宜詩。客來休怪雙肩聳，曲逆而今正用奇。

微韻

誰解雙鳧破壁飛？斷無藜杖更排幃。一行謀道人寧信，來日逢花事已非。壓歲重寒工自用，入經羣蠹不能肥。堯章本善舜場勝，莫問當年鼓瑟希。

魚韻

傍火驅寒小晏居，盤盤哀樂費乘除。黃鐘世寶真虛有，白馬人從並不如。何處更尋天下士？有時倒讀壁中書。十年我亦兵間過，安得王劉託後車？

虞韻

叢生荊棘密當途，那得佳人與泛湖？深怯清尊照顏色，祕尋詩脈費工夫。
情懷已逐歲時改，桃李豈知風景殊。冷月寒雲共高舉，愁予平地欲乘桴。

齊韻

貴陽城南鴉亂啼，人言夫子何棲棲？歸路羊牛各高下，怒流兵馬迷東西。《詩・王風》：「日之夕矣，羊牛下來。」見山田乃知其工。吾粵皆水田，向未之悟也。窮愁已甚
更懷土，來去無端空佩觿。蹋地何能成豹隱？抽身吾欲與雲齊。

佳韻

愁邊生事看彌乖，眼裏凝塵日費揩。於此人天俱冷落，十年江海與安排。
亂鳴風木鳥飛却，再換柳條春要佳。來歲但書新甲子，莫賡前夢到無懷。

灰韻

卜居猶有水灣洄，祇是風風雨雨猜。伊我褢人四天立，一寒如此十年來。
身更奇劫苦行役，意欲為園聊鑿坏。谷狠山狂天聽遠，倩誰與勸好春回？

真韻

木落葉黃祇食貧，哀時懷抱奈寒身。去家日遠更無夢，研淚成文殊費人。
自我生來天雨血，一情不屬鏡承塵。明當撥亂探花去，久別江山須好春。

文韻

身似孤鴻刺夕曛，相思爪抱獨離羣。難同玉女邀天笑，暖傍鐙花到夜分。
暑往寒來無好夢，風吹雨打鍊吾文。持籌自有千秋計，不必登時領一軍。

元韻

世位文章可比倫，王侯終讓布衣尊。北風怒去與終古，警語一吟聞肺言。
褒舊近狂猶作客，抱愁危坐欲生根。向來索句陳無已，不是驚寒不出門。

寒韻

摸索襟期古淚乾，玄珠何許更流盤？人前掉臂誰識者？靜裏把詩花樣看。
欺世風霜殊未盡，玄灣楊柳已全殘。明明如月誰家子？指點江山意萬般。

刪韻

駢枝生指直須刪，客裏花光祇犯顏。待日喪時持作餅，把愁傾盡即成山。
去來言笑強無益，今古人天俱好還。欲與雲根鬥風力，我身仍恨不能頑。

先韻

了無花影舞蹁躚，待歲沈吟病不眠。星爛月明空炫世，身閑心苦欲呼天。
莫憑少日裁雲手，去鑄人間使鬼錢。徙倚危樓寒夜闊，不如還坐舊家氈。

蕭韻

逢人都道新來瘦，呼酒城頭氣尚驕。吾輩登高能作賦，星河居上欲翻潮。
十年去住天知我，一向江山夜擊刁。龜手斧冰持作茗，心田聊為茁靈苗。

爻韻

欲學揚雲賦〈解嘲〉，襟蘭容易化而茅。天傾地側歲時改，霧密雲重風雪交。病手燒香艱作篆，寒禽因樹不成巢。自憐爾日癡難賣，深怕來春事更淆。

豪韻

尋常對酒持無螯，今臘猶復炰無羔。見戴去時思地遁，自楊歸後欲誰逃？
分明心火一時熱，不敵霜風千尺高。每念定功須馬上，支離攘臂氣能豪。

歌韻

為楊為墨人殊科，萬物寧逃天網羅。敗草飲霜日不出，寒雲度樓風更多。
移花就暖無處所，拔劍斫地而誰何？華年走過兵烽快，容我回車浪放歌。

麻韻

獨立山亭手自叉，落餘鳴葉怨年涯。樹猶如此何況我，天有同雲將雨花。
一為思鄉惱乾鵲，幾曾舒氣似蝦蟆？長卿遊倦歸來是，莫問平臺路可賒。

陽韻

皇皇載質入蠻荒，恰似青蓮到夜郎。月與星朋天戒旦，書歸魚餌水沈香。
折榮但感經時別，使酒難回向日狂。袖手虛庭了無謂，夜遙風落一琴霜。

庚韻

懇款看天歲且更，尋常聞樂意還驚。窗前冊葉風檢讀，戶外客心江樣橫。
冷觸雲屏無病灸，陣來霜雨有涯生。癡兒久罷揮斤枝，垂手人前氣豈平？

青韻

長林疏脱雨冥冥，遠有江山氣已腥。日月運天疑失路，膽肝懸腹的如星。
無人可挽春徑至，待我尋詩風暫停。倘得衝寒歸便好，杜陵難忍是伶俜。

蒸韻

歲云暮矣歸未能，河不容刀勢且冰。未免憂生人失睡，都來此事興難乘。
及門車馬還馳去，是處樓臺莫更登。萬竅怒號寒日落，山城鐙火又層層。

侵韻

客子光陰坐滯淫，排愁無力嘔無心。多情山月還留眼，如我文章欲碎琴。
文黨虛投問經斧，嵇康休鍛不祥金。舉頭都沒登臨地，便有梅花懶得尋。

覃韻

可笑寒儒食苦甘，即時風物正難堪。前溪水響月未上，側道霜多花自含。
塵事於人無盡累，詩肩從古不宜擔。一陽初動莫消息，吾道西來春在南。

鹽韻

風天不管費言甜，楊柳枝乾冷鵲占。零雨有鋒來插髮，寒風如刃與投鐮。
士思沈陸胸原隘，頭不劖愁角枉尖。薺麥似羞君子守，漫誇詩律十分嚴。

咸韻

風急天高日半銜，冷殘奇夢鎮呢喃。並無沸鼎煎紅淚，錯向來禽索素緘。
與筆硯盟歸永好，仍天地食有餘饞。肝腸欲借霜刀割，不畀生枝裂繡衫。

甲申人日（一）

甲申（一九四四年） 時年二十九

百書讀了未還癡，盞角看天無限時。七日相逢春好在，一錢不值我猶詩。
江湖委地來帆沒，肺腑能言知者誰？簪罷奇花弄長笛，欲尋雲水窟中吹。

（一） 先嚴於〈修竹園詩前集摘句圖〉注云：「時猶居貴陽。」

春日即事　甲申

六旬行雨四禪清，徙倚閑門似老兵。稍喜春工橫眼好，大非吾意以詩鳴。
埋光鏟采思齊物，換水移花悟養生。百日居夷無可說，倘來嬌鳥解呼名。

居閑　甲申

任誕閑中夢，瞞憂酒後心。與人為可否，無日不沈吟。涉水篩雲子，班書席柳陰。鶯花管春事，饒我往來尋。

前題

山木森聚鵲，橫江清見沙。晴回花軟飽，春爛柳交加。往往逆噓氣，徐徐高化霞。無誰共尊酒？仍以醉為家。

夜過尹石公，談詩甚歡 甲申

入年散髮遠投荒，臣不如人口吃羌。稍喜逢公回語笑，忽然行已欲昂藏。
摘花盈掬矜指爪，飲墨一升生色香。歸坐春庭度清夜，盡情山月又明廊。

郊行 甲申

懶慢攜壺去蹋莎，百年身世事如何？一時好鳥花間集，二月春風陌上歌。
掉臂看花無態度，離懷入酒起風波。憑空淨洗天人目，盡送黃雲萬里過。

曲閣 甲申

曲閣幽居燕語梁，閑身思住水中央。鐙前詩任青蛾撲，夢裏人如錦瑟長。
二月山城少春事，一川松雨散花光。游情屑屑誰知得？背客牽蘭入枕囊。

薄遊　甲申

阿閣重階無夢通，行天日力已云窮。西來待我東方騎，三月猶霜四面風。
獨向林皋盤石坐，必難言笑與人同。但能友石羣麋鹿，便勝臣堯擊壤翁。

前題

星星寒雨暗春晝，謖謖澗松吟午風。有鳥一行分水氣，側身雙樹數歸鴻。
無心更入桃李徑，今我乃如田舍翁。難與揚雲辨玄白，比量新句亦豪雄。

重寄寂園坪石　甲申

懷君望斷斜陽影，慚負來書許擅場。何道不為眾女嫉？塞門知見千年香。
來書謂塞門懶臥，謠啄忽來。春秋朝夕鳥蟲樂，我汝人詩兄弟行。他日重逢開笑
口，為無益事看誰強？為無益事，蓋來書語意謂詩也。

无盦師疊錫二詩見懷，因報坪石（一） 甲申

五年侍席不自寶，來聽天涯風雨聲。淺飲江湖無限淚，盡抽肝膽有餘情。
人前一默常成慟，腹裏千詩欲化兵。容易明時罷行役，江南終返庾蘭成。

（一）先嚴於〈修竹園詩前集摘句圖〉注云：「无盦，先師詹安泰祝南先生嘉號也。」

次韻劉衡戡坪石寄褱之什 甲申

逆秋風向西南行，館我清江東向橫。勝日鶯花猶世故，隨時憂樂亦人情。
每常念子如中矢，重與論文空復聲。比來有淚不敢出，愁見寒山青到城。

前題

靈珠莫定心風波，山高月小星垂河。袖來貝葉題又再，卿本佳人今豈多？
略似洪三囚使館，欲尋蘇二向岷峨。沈沈大木百圍寂，一為前歡高放歌。

答子範先生坪石　甲申

敢怨窮山寂寞居，比量前事意何如？新來塵肺能堪酒，稍覺蓬頭已可梳。
寶劍奇書須世用，明堂懸印看誰除？春風萬里門難及，待乞王良與駕車。

前題

逃酒於時顏色姝，只非當日秦羅敷。萬葵開扇容遮面，一室關春獨向隅。
士不逢時工用怨，花真變醜定非愚。天涯絮亂風狂極，試手難為水墨圖。

舒褱　甲申

看雲倚壁意迢迢，終古東風誤阿嬌。人遠弓腰難入夢，日長花氣欲成潮。
從知別久枯無竹，莫待愁多更問蕉。為問江頭蹋莎客，當前可有赤欄橋？

前題

溪花溪水釣魚磯，許學嚴陵願力微。能識九千餘字否？時余在大學授許學。了知二十七年非。時未到生朝，故云二十七年。女嫛嬋媛毋予詈，臣朔狂言與意違。惆悵天南風又雨，來禽休道不如歸。

酒人（一） 甲申

酒人乘狂蹋野煙，左右春物羣騷然。微陽初閣翠湖雨，乳燕學飛紅杏天。為樂最宜酣醉後，移身卓立貞松前。歸途恍惚風可御，不許牛羊行我先。

（一） 先嚴於〈修竹園詩前集摘句圖〉注云：「時余能罄茅台二瓶，好為吳體。」

遣興 甲申

貴仕高名可不須，吟人惟懶是工夫。誰安綠鬢茹黃棘？正要紅闌有紫姑。後苑雨餘花孕子，小樓春足燕將雛。閒情頗似陶彭澤，只欠門前柳五株。

寄題陳寂園《魚尾集》 甲申

我行人海似癡蠅，不厭詩篇取客憎。從古雅言關性分，盡君能事足師承。
世無丹鳳難為駕，掌有明珠不見鐙。數歲南浮期別墨，亦開生面覺誰曾？

前題

沈浮曾共網魚罾，屢放哀歌意豈勝？別有高懷人不識，獨張奇局老猶能。寂園長余十六七年者也。
持余歷劫未壞句，寄汝食貧行腳僧。終古高才無達宦，文章信美向誰矜？

得絜餘書，詩以代簡 甲申

寂寂山城日落時，離離秦逐去何之？鳥銜山氣飛難疾，世有眠龍起欲遲，
萬里江湖誰打槳？十分風月待論詩。閉門剪燭焚香坐，發我胸中七字奇。

失題　甲申

梨雲堆野水平隄，放眼江天意漸迷。難辨陳劉牀上下，欲同兄弟屋東西。吾遲出畫嘗三宿，吾不欲在中山大學任教於理學院也。壁有餘明欲再題。心苦春濃無住著，少年羈旅百花溪。

前題（一）

綺閣閑踪數歲停，悄無人處看春星。絕憐千次舌猶赤，不道愁邊睛故青。羣動豈堪長屈厄，老夫終為發雷霆。入門占我夢中夢，失覺東南王氣腥。

（一）先嚴於〈修竹園詩前集摘句圖〉注云：「時在晚春。」

緣源　甲申

獨客緣源溪水寒，行雲留意過林端。聞香不辨東西路，使我真成左右難。一月生天春浩蕩，萬愁歸夢夜闌干。明朝定是朱顏減，試問逢人那得瞞？

山亭晚覜（一） 甲申

柳綠桃紅間著梅，離懷聊藉片時開。花邊踪跡無誰共，眼底江山與畫去聲來。日腳行春瞬千里，天風吹水上層臺。季鷹不作榮名想，只要當前酒一杯。

（一）先嚴於〈修竹園詩前集摘句圖〉注云：「貴陽陽明山河濱堂附近山水勝絕，殊不減花溪也。」

夜讀書感 甲申

簡篇索落愁時眼，夜半無人自放歌。身未填溝惟賴此，書雖窮我可如何？瞞羞不許鐙燭亮，淒寂獨尋游夏科。來日還山面兄弟，百年同拾隴頭禾。

念祖自馬角北返坪石，追和余〈寄裹寂園之什〉，兼報近況。戚然余懷，以此示之

甲申

高樓風扇柳毿毿，危苦言多盡費芟。天遣無家還有別，士今裹土更逃讒。急誰消息書初及，起我牢愁手自劖。萬里江湖誰與共？憐余佳姪竹林咸。

切囑念祖偕舍姪汝楠脱離淪陷區見余而未能也。

憑檻

甲申

望斷春江上水船，獨憑風檻近誰邊？一樓佔盡千家月，萬態平沈十數年。與決胸懷無涕淚，徑須楊柳管風煙。行身會有無窮地，夜半高歌大放顛。

檢閱近詩，感賦二章

甲申

十年歌詠過千章，(一) 視此微同却病方。坐老花時春寂靜，時猶在晚春也。倒追前事夢顛狂。天南烽火疑生眼，心上青紅未放香。起望齊州煙九點，幾時旗鼓去堂堂。

（一）先嚴於〈修竹園詩前集摘句圖〉注云：「二十三歲以前之作，已於三十歲初定稿時刪去。」

前題

浪負才名沈亞之，多思蟬蛻陸天隨。為詩要未經人道，此事真如無米炊。紅樹簪山憑插鬢，白衣逢客欲蒙皮。杜陵野老規模遠，難起黃王與設施。

樓望　甲申

並世誰知者？卑棲未鬻文。闌飄三月雨，風入一溪雲。認主燕投閣，忍寒衣未熏。淒涼十年事，玄白更難分。

江行　甲申

何處最為勝？江行花晚紅。暫忘生事苦，微有古人風。竹影蔭眠鷺，松雲停過鴻。囊書久吟望，春粲水天中。

月夜即事　甲申

驕兒清唱〈月光光〉，〈月光光〉，嶺南小兒歌。警我身今在夜郎。難入花心觀色相，欲尋鍼孔妙潛藏。流雲到嶺行還住，清夜聞歌意覺傷。但想家居閑抱膝，一園松竹老胡牀。

鍾鍾山先生為題拙詩，奉報一章　甲申

退飛漸覺南枝遠，尊酒歌呼意可長。十上書成秦逐客，西來人見魯靈光。教從何地醉山簡？難得同公支夜郎。乞與大言驚末俗，廢書揚放杜蘅香。

野塘獨坐　甲申

閑閑者誰子？獨坐野塘旁。雀啄花心碎，山分日腳長。攤書殊有味，過眼又全忘。算是此間樂，惜無琴一張。

河干　甲申

刻意尋春春易殘，閑閑誰與共河干？人千里望鬱深致，鳥一林喧生晚寒。氣度正思全拔俗，交親猶訝不居官。錦囊內聚江山秀，咀嚼真同服桂丸。

永憶　甲申

永憶瑤華小大姑，費人追撿〈漢宮圖〉。冶春勝日珊瑚熟，繫馬垂楊鸚鵡呼。朱戶春陰花撲落，畫屏鐙淺影模糊。此情莫被中天隔，待向河隅更拾珠。

初夏雜詩　甲申

靜室枯居歲序更，羣書橫眼感無名。淚隨蠹粉手旁落，愁與池荷春後生。
屢在花陰推世變，稍從方外看人情。遙天兵氣騰騰上，風動時聞殺伐聲。

前題

投閑得及江頭坐，一盞濃茶氣活來。天雨入松生遠籟，水流成字寫沈哀。
漫從春後期佳日，每到人前媿此才。潑潑南風動襟袖，掉頭吟向北山隈。

前題

袖手看山不欲登，異鄉吟望興難乘。夢尋寒水雲壓枕，火發烘鑪心卻冰。
何日江山三箭定？有人風雨一樓憑。閑愁此亦催詩急，試問皮囊血幾升？

失題　甲申

炎雲赫赫上騰天，料理壺觴水竹邊。與古為徒癡正絕，抱愁行路汝寧前。
當時所種一斗石，今日若為千里煙。叔世謀身須用佞，江蓮出水便如錢。

平居感興　甲申

民求生厚爭斗升，伯安莫作龍場丞。月明如晝心炳炳，人欲燒我書層層。
三年刻楮有相業，一室觀身無盡鐙。瘦病維摩尚躭道，米鹽脫略髮鬅鬙。

前題

狂夫少賤好馳馬，（在滇時尤然。）呼喝常令天地春。今日歸儒遠于役，此心非
果亦生仁。原當執御驅前路，無奈躭書似美人。潁水向來須好句，醉吟漠
視老妻瞋。

重會葉元龍先生貴陽　甲申

違公不覺兩年強，許是吾軍力已張。浮世功名憑袖拂，當時文字以升量。行身道阻日月邁，潑眼人來鐙燭光。急問吟篋今幾疊？廣收天地一囊藏。

前題

南山白石飯牛居，曾枉山公過我廬。前日杯觴猶歷列，中年哀樂有乘除。誰知瑑背彫肝手，能著濟時經國書。葉公時年四十七，是經濟學家，嘗長國立重慶大學，時任監察委員。宜與陳登抗顏坐，長安索米語其虛。來詩有長安索米之句。

晨坐　甲申

習性原龍種，生天墮劫灰。斗回殘夜夢，疑是再生來。山水夢難入，年時歌甚哀。憂深無力敵，寧得意如孩。

簡尹石公惠水（一） 甲申

高閣春陰不放雲，是中人物善揮斤。大年長我今以倍，小子學詩初可羣。
漱取石攻孫楚齒，難於山撼岳家軍。重憐儒腐喙三尺，無肉食時穿鑿文。

（一） 石公時年五十八，病齒。

夏夜對月 甲申

吟懷待展飯初足，江淨月明風入松。歛縱橫氣欲禮佛，聞左右隣時擊鐘。
塵上易教西子穢，夢中倘有南威容。所思已又經年別，徒望黔靈最上峯。

次女生後十日作 甲申

一往憂生百感膺，更堪夷虜日憑陵。漸成牛馬供兒女，猶奮文章博斗升。
十日不詩聲頓變，萬錢謀酒醉難乘。庖廚洴澼工初熟，客或來稱底事能。

雜詩(一)　甲申

征夫莫省鴻漸陸，枯魚戒公無渡河。七字律成心忐忑，半山雲掩月娑娑。稚兒伴讀如鸜鵒，逐客彰身有芰荷。癡想當年同夜坐，閑篇風動細生波。

(一)　先嚴於一九七八年刊行之〈修竹園詩前集摘句圖〉注云：「時已寓居大夏大學校園中。」

遣愁　甲申

使酒謳歌淚滿巾，莫教才調到無倫。儒難為計將安適？夢得還家竟算真。坐夜獨朋鐙下影，觀心愁拂鏡中塵。蓼蟲食苦人誰惜？看取當前可笑身。

前題

插楹楮墨渾閑却，向壁無由自意題。舉目不知天遠近，行身寧問路東西？十年文字空情性，一往衣冠欠整齊。出入山城念鄉國，未須為佞始栖栖。

前題

漸覺形骸異往年，當時枉讀〈養生篇〉。未謀金印思工篆，絕惜紅衣學種蓮。大浸欲稽天以上，平生所好事全偏。檽風吹冷心頭血，試撥寒篝傍火眠。

前題

饑驅時或類飛蟁，誰信相如善屬文？寫盡窮愁詩欲綺，開張身手力能軍。樓當晴日還飄雨，風過深山不放雲。居獨久忘天下事，容呼鳥獸與同羣。

夜起讀書 甲申

人天消息比何如？歲月翩翻去不居。萬里江湖歸短夢，五更燈火讀殘書。此心雖亮終誰見？習氣知非祇未除。南海明珠嶺東箭，沈藏要歷劫能餘。

南明河清晝　甲申

胸中水鏡千塵掩，壁上吳鉤盡日閒。憤世惟狂寧得所，知音不賞待還山。
無窮柳色青見骨，幾簇榴花紅照顏。如此光陰天與幸，行身須把百憂刪。

雜詩　甲申

十年題句滿江湖，思到濃時驚自呼。生事繁於天末雨，會心惟有鏡中吾。
略無貞石支奇骨，聊向殘經署獨夫。莫笑吟人了無謂，吾儕能剖中興符。

夜坐　甲申

夜坐真成拙，行身似中邪。星辰隔層霧，胸抱鬱千花。膚慣飢蝨刺，誰來
癢處爬？連句是休沐，猶做冷生涯。

水亭茗坐　甲申

倦客枯居不自聊，回風梳柳晚蕭蕭。緩尋江樹親香茗，漸覺離魂向落潮。
一月曬人詩夢警，數花臨水石闌嬌。山城儘有消閒地，無奈塵樊苦未饒。

讀倦假寐　甲申

癯儒伏書羅百憂，一忽雨如奔萬牛。皮相真思槁以死，入年略忘春與秋。
天半風雷破殘寐，眼前燈燭對搖頭。我人迂不辨麥菽，便合投身山水陬。

幽人　甲申

流星曳彩過山樓，旁有幽人擁鼻謳。良夜不風花穩睡，曲闌憑我月來謀。
十年左癖多為累，萬里高城易得秋。猶欲幺絃辨宮徵，祇今誰信汝無愁？

微行　甲申

閉門養拙人誰問？六月微行物色收。願駕殘陽促西落，每臨寒水欲南浮。天門風定為龍伏，塵世侯封出狗偷。多難長閑苦無賴，彼知我者謂何求？

偶成　甲申

未肯癡盡賣，偶然天與奇。寧妨生事迫，聊與故人知。江水綠於染，夕陽紅幾時？晚風歌木葉，一一笑嘻嘻。

前題

句律脱軌跡，鋒刃披叢殘。自覺詩情好，持與明君看。獨行如往日，一例冒奇寒。味在酸鹼外，時還拾古歡。

午睡不著，率成長句　甲申

晒我學書時謂可，潘陸亞何期廿年。高風擬款寒蟬入，薄被難安繡虎眠。
乍換炎涼銷獨寐，側聞雞犬欲生天。山城無我銷閒地，莫待聲名上細氈。

秋心　甲申

不是尋常賦惱公，雞鳴婦歎我來東。花心抱影知難並，犢鼻當行亦願同。
落月滿山千里眼，斷雲橫雁一樓風。殘鐙高樹荒寒地，宜若人間泣夜蟲。

前題

往往逢秋筆力添，若持金劍長威嚴。數奇亦可王侯傲，道勝無妨歲月淹。
屢就江湖開水鏡，洗空脂粉閟雲匳。過余冷客多能事，試與蘇仙鬥韻尖。

奇愁 甲申

莫信蚩氓可自媒，即今誰勸掌中杯？思春成日心飄蕩，息影閑門鳥去來。
萬事只堪雙白眼，九秋猶放數聲雷。小人有物誰知得？腹裏奇愁亂作堆。

曼詞 甲申

浮雲西北望難真，徙倚高樓夜向晨。綺札納褏無賸字，簾風驚夢不成春。
橫塘可渡須香象，騷客何由見美人？任是東隣窺玉久，臣心行處只輪囷。

夜晴月好，寒殊未退，南窗擁卷，遂爾忘睡。

次夜又作 甲申

累年不入春風場，持家避胡殊未央。今夕無風步山月，落星如雨放寒芒。
投荒閒却簪花手，就枕何來養睡方？默擁重衾數呼吸，亂蛩啼處致猖狂。

貴陽晚秋雜詩　甲申

板屋卑棲背日暄，佳人休怨閉長門。吾詩知欠平和氣，此意難為爾汝言。
寒鵲爭枝穿暗綠，秋山酣睡夢黃昏。尋常即物千悲湧，未到行歌已斷魂。

前題

游心思與物相先，失路冥行汝豈前。盡篋恆無十金產，長雲陰閉九秋天。
為言歲月真當仕，無奈頭顱不肯圓。暝近山城休送目，未鐙樓閣怯風煙。

《海藏樓詩》十三卷本初面世，石公好事，著友好自滬將原書解坼，分十餘函寄貴陽。裝成視余，因題其後　甲申

百年事業在雕肝，心死休傷盟易寒。時日深期羿來射，強臺寧許汝居安。
金堪擲地終埋沒，人豈迴天況老殘。行有英雄出江漢，一篙春水走曹瞞。

夜讀《伏敔堂詩》，因效其體 甲申

伏敔堂詩猶虎龍，亞匏子尹難相先。是人讀竟五萬卷，原詩：「因授一編書，實維四庫目。目隸五萬卷，卅年乃竟讀。」其意欲無三百年。天之於民怪多取，我亦如公窮可憐。絕惜至文人棄久，寒宵孤賞眼雙穿。

愁雨褁足，閉户酣吟 甲申

城南山水脱鈎連，閉戶酣吟欲自專。塵事都如秋後雨，道心新入醉中禪。沈冥節序知何世？佛鬱牢憂不問天。説與吾宗憑決訟，云云休道豈其然。

雨中過尹石公談詩 甲申

斷續哀絲亂軋機，怪公猶道我詩肥。重爻廣易天彌遠，三十成文計恐非。雨腳朋從聊兀傲，道心錘破見沈微。近來筆力真何似？木末風高鳥退飛。

愁邊　甲申

愁邊長爪摸頭顱，自笑身心日益迂。靜室微聞兵氣近，危絃新借雨聲粗。
頻年轉徙渾無地，於此寧容更避胡。行處流民滿坑谷，介夫真箇畫來無。

西北行雜詩（一）　甲申

甲申秋杪，桂林柳州同日棄守。寇自柳州北指，陷宜山，竄金城江，取河池，下南丹，奔六寨，入獨山，迫都勻。旬日之間，突進千里。貴陽警急，舉國喧騰，咸驚大難將至，置身無地。余乃於風雪之夕，倒篋翻箱，抱兒扶婦，未曉茫行。歷息烽、遵義、仁懷、古藺而至赤水。沿途却曲崎嶇，霜風雪雨。懸崖倒澗，險陂奔灘，可謂極山川之傾危，迫肝腸使碎裂矣。凡所經歷，呂仲悌致嵇蕃書云云，彌有未逮。余生小耽詩，本多述作。乃以疲乏顛頓，操筆無時，偶得零句，旋踵而失。既抵此間，疲憊稍蘇，自念不可無以紀行。乃研淚冥想，都成六首，不自審其音何若也。

頻年哀樂本無常，強忍離懷夜束裝。八面風霜驕朔氣，五更鐙火放寒芒。

抱兒持婦背書篋，犯曉衝寒穿雪光。失怪平生腰腳健，胡然却曲貴山陽。

（一）先嚴於〈修竹園詩前集摘句圖〉注云：「以下避兵離貴陽至赤水作，歲將闌矣。時夜大雪，急遽整裝，凌晨起行。」

前題

生年滿百只增憂，留此身形何所求？亂岫拂雲天頓盪，雪花披樹鳥夷猶。

牛欄擁被難成夢，自貴陽入赤水，時時步行，山道絕險，凡二十餘日始達。嘗夜睡牛欄旁，以禾稿席地而臥。石虎橫江欲噬舟。自二郎灘至猿猴鄉，舟行驚險萬狀，下灘船換一七十老翁掌舵，舟之兩旁，距石峽僅寸許矣。悚息冥思去來路，警如霜刃剚心頭。

前題

寒不違衣飢不食，此行非是接春還。十年浪負縱橫氣，千里爬行上下山。

自楓香壩至茅台山，上下陂陀，俯仰千丈，稍一蹉跌，碎骨粉身，有時須側身抱石而過山中險窄之徑也。

剗地風煙天殆慟，居身木石我寧頑。捫懷瘦到心頭血，安得神丹與鍊顏？

課詩　甲申

然脂弄筆意紛更，詩與流傳世已輕。逼仄為生虛日月，沈酣留夢入功名。十年多負交親望，萬籟同歸涕淚聲。倦眼臨書隔層霧，華鐙誰借九枝明？

入市　甲申

飲淚呼天者誰子？挪移冠帶欲何之？窮山有我應生色，鬧市行身不入時。死者有知將戮耳，貧雖非病更難醫。人間何世君休問，好傍糟牀恣酒悲。

煨筍　甲申

窮山天失管，霜雨用侵尋。此地無好景，行人猶苦吟。獨煨冬筍尾，來養歲寒心。筆與風俱駛，南雲竟自沈。

江頭夜望　甲申

赤水寒凝碧，晴嵐夜向冥。月痕霜外白，漁火荻邊青。袖捲干時筆，身如刺壁釘。歸途無客共，一路數疎星。

連日苦寒，無所可事，但過茶社與諸生劇棋。每盡日不嘗粒，狂頑甚矣　甲申

山寮日日呼茶坐，每要諸生與劇棋。事往流光須倒駛，今非來者更難知。同雲作雪天將淚，疎竹驚風鳥護兒。惟汝腐儒頑懶甚，家新有米竟忘炊。

支夜 甲申

玄黃有極意無涯，紙上功名一笑譁。盛氣難支長夜餓，詩心忽放去年花。
別來歲月人誰在？書到窮愁字亦斜。到赤水後，余落字皆斜，斯誠奇矣。撲落閑窗
風不定，寒林霜雨響飛鴉。

遣興 甲申

夜半沈吟自唱酬，霜林月白水明樓。情知米價新多變，厭聽山妻說不休。
意懶拋書思夢寐，春來容我送窮愁。吾生豈合長無謂，計日平湖穩放舟。

臘月望夜作 甲申

遠水騰波欲起龍，愁時已極涕無從。危心仗筆憑支夜，鐙草舒花與忍冬。
時每夜只用桐油燈盞耳。待向晴春通好約，失驚寒月睇吾容。明當索酒東家去，
窟室飛觥奮擊鐘。

比來翻改舊詩甚力，食寐俱忘，鏡裏清霜，大變故時面目。夜寒心遠，漫成一律　甲申

心血頻來減幾升，吟懷猶似馬騰騰。凝看鏡裏人難認，穩坐花間我亦曾。
一室空無壓年物，重寒來搶讀書鐙。炫將奇字真何必，此手應須殺賊能。

赤水除夕書懷八十韻（一）　甲申

流雲飛越江波揚，亂風潑辣天旁徨。枯桐壓雪枝斷落，巢禽失樹千峯僵。
城東有客衣破衲，瑟縮却立寒江旁。聳肩袖手首垂臆，低徊顧視深恇恇。
昨夜讀書不及睡，擬飲殘墨酥枯腸。坐聞右鄰鏟鑊響，板隙隱送高粱香。
我豈但無壓歲物，尚待計取明朝糧。聞道居人渡新歲，百物半月不登場。
心痛儒賤又時難，空自入手窮搜囊。切須犯曉行乞債，粗辦食飲充盤觴。
用天初白遽出戶，忍寒抵餓行蹌蹌。自以情急思未熟，不悟今日新投荒。
以謂年來多結客，肺肝可索況孔方。行身約過十弓地，警覺人物非故常。
繭足難蹈故時武，膚骨似被刀戈傷。天荒地老風物異，曩日親舊知何鄉？
強試循江折入市，衢道人湧同潮漲。去者貝幣持滿手，來者甘味攜盈筐。

物物層陳左右肆，粒粒盛塞東西倉。心危眼倦與觸接，使我氣短頭難昂。怪道奇劫閱八載，海山魚鳥多遭殃。城野罕見炊煙起，何事彼輩逾恢皇。賤子五歲受成業，家書十萬堆廂房。自計讀竟行天下，去住動靜無不臧。豈惟米水不足慮，便驅王霸如牛羊。生小頭角頗劖刻，展紙落筆書百行。復次乘間學擊劍，舉身自許南方強。上好文儒以賦謁，上徵武士攘臂當。不圖十五丁艱罰，如禾初穗逢災蝗。二十迴飈扇烽火，長劍未礪胡塵狂。倉皇去國西入塞，擬鍊心鐵欺干將。乃以慈母重見背，坐使心火昏無光。八年轉徙萬里過，赴蹈鋒刃時被創。弟兄離散屋廬毀，孤根遠泛輸匏瓤。頑軀日弱心力減，詩魔在腹狂跳踉。酬世難探囊底智，睡不甘寐茹粺糠。裳衣破敗露踝肘，奈此天地常風霜。兀抱殘書忍飢渴，婦穉昏暮惟相望。三年凍飲武江水，一夢身墮貴山陽。時乞天雷鎮九土，俾早歸國脱羈繮。無奈穹蒼視聽遠，安得時日長喪亡。今年窮寇動洛汭，瞬踰江漢奔湖湘。桂柳桂林柳州未霜遽槁折，黔山突有驚禽翔。我時蟄居抱愁臥，聞警欲借龍媒驤。兼年蹉跌痛未定，忍並瘦骨供豺狼。漏夜抱兒呼婦起，病檢衣物傾書箱。凌晨警急衝戶出，覓路幸借霜雪光。是夜下雪。城野騾馬俱絕迹，腰脚掙扎憐尪尪。上下陂陀艱喘息，俯仰天地悲玄黃。縣厓摩頂勢欲壓，行身頗復卑昂藏。森然霜刃欲剖踵，飄爾零雨橫刺眶。冥行十日路殆半，喜面江水浮舟航。頹坐艪下稍蘇息，汎汎不必吳艅艎。無何水聲響徹耳，峽石夾舟恍劍鋩。我人悄然屏息過，極恐魔手來握吭。時而水涸山四帀，深困重載航絕潢。來此已是歲云暮，生事敗壞將誰償？屢從虎口脫微命，深須苦盡甘能嘗。明旦便是王正月，應換胸抱迎年芳。爭奈去來人不識，時到赤水只數日。龎眉雙皺愁難量。聊試適館丐薄俸，庶免歸去窮自戕。天幸此索不我靳，捲袖狂躍心清涼。疾行趕場日未落，指摩阿堵羅酒漿。無窮憂恨快斬絕，長懷千頃流汪洋。怡然歸去身矯健，來時蕭景翻新妝。軒昂入戶拂几案，便欲倚坐矜文章。鄰人過門稍探問，謂我顏貌今煇煌。晚來篝鐙盛光彩，攤書啄韻歌諻諻。自覺心聲出金石，不必玉撥挑銀簧。仰觀繁星光的的，遙見上帝開九閶。眾仙待命收殘劫，盡埽腥穢朝明堂。山妻忙與趕鍼線，翻改儒服為時裝。文章刀尺各擅勝，誇我夫婦雙賢良。時孫亢曾丈任教務長，覽至此，謂為信然。迴抱兒女恣歡笑，一室熱烈忘宵長。甘啜茶酒浸肝肺，小擊杯盎鳴環璫。飽養身手備時用，如此家國容紀綱。安排筆墨布奇陣，必使窮寇難踰防。翌年而日寇降。紙窗板隙補圖畫，山枕繡被敷鴛鴦。捉摸鬚眉有生氣，行坐佳興殊未央。準擬東南開好色，展我勁羽凌風飆。

（一）先嚴於〈修竹園詩前集摘句圖〉注云：「是歲有〈赤水除夕書懷八十韻〉，年初將詩稿交市肆釘裝，蜀人李彥師儒醫讀之，餽米一石，蓋內有『昨夜讀書不及睡，擬飲殘墨酥枯腸。坐聞右鄰鏜鞺響，板隙隱送高粱香。我豈但無壓歲物，尚待計取明朝糧。』之實錄也。」

江望

乙酉（一九四五年）時年三十

謀道悲生苦費心，水昏雲鬱鎮沈吟。酒惟亂性斯堪用，憤一乘胸直到今。
孕子江蓮供玉食，不官奇士以書淫。我曹久被人忘却，怒放歌聲散積陰。

來渝越旬，無所可事。信步中央公園，聽禽就樹，苔石坐身，憮然有言

乙酉

欹阜為園鵲躅枝，倦撐苔石下臨危。大江橫眼非虛席，冷客看天欲致辭。
有不用情如此水，久難甘味況深巵。口心交謫成何諦？誤我哀顏到幾時？

間日又作　乙酉

食惡居艱八載過，強張塵眯看山河。詩雖可廢終何忍，人到能狂有足多。未許少年心便改，奈舒行脚背微駝。傳聞醜虜將歸順，試逆南風浪放歌。

酒後贈余少颿（一）　乙酉

四座嘈嘈客莫喧，士衡長柄作鐘言。辭風欲卷席以去，飛唾的如星樣繁。當路雨雲工反覆，望君噓吸中寒溫。我猶未免鄉人也，何幸傾心屢過存。

（一）先嚴於〈修竹園詩前集摘句圖〉注云：「假期遊重慶時作，少颿時任職銓敘部。」

越二日抵赤水，復成八首（一）　乙酉

日昨傾囊買得癡，歸後囊金淨盡。別開笑面向妻兒。八年飲淚成瘀血，一藥安心作好詩。肯復逢人獻窮狀，預先開抱赴佳期。天涯阿弟將歸矣，為問家兄知不知？家鄉早陷，兄尚留守先人廬墓也。

（一）先嚴於〈修竹園詩前集摘句圖〉注云：「前二日在合江旅舍中，半夜，聞爆竹聲，知日寇已降，急成一律。至此，復快意作八首。」

二

盡破愁圍喜不勝，疾持神筆掘層冰。同人所樂秋多麗，對客揮毫我亦能。
急典裳衣辦豐饍，亂敲盤盞祝中興。年年深斂垂天翼，今日南風似可乘。

三

游心遠遠入無邊，儘覺長懷可汎船。已忍奇窮十年足，欲陳佳句萬人前。
元凶黠鬼客推刃，名世成身早着鞭。舉日扁舟順流下，載將明月看紅棉。

四

引鏡施容對好秋，年時萬恨落江流。自慚於國無多益，不覺看天稍害羞。
爾日還家身好在，吾邦有道富應求。鄉人若問曾何獲？勝處江山囊底收。

五

酒闌搔腹坐江干，襟袖層埃一一彈。定返南天管風雅，盡招羣友剖心肝。
花間掉臂春曾識，意氣充身士不寒。歸臥寓樓無犬吠，疊高書枕夢魂安。

六

八年轉徙入窮冥，世路崎嶇已慣經。藺足立殘楊柳影，餘生真乞美人靈。
流天劫火一時滅，還我當年雙眼青。即日邦家資妙略，遺山野史莫營亭。

七

吟懷坦蕩靚無痕，羣動喧囂與雪寃。五億人看天落日，二三子聽我微言。
多行不義必自斃，何莫學詩來此門。載汝連車傳食去，尊榮安富鋪天恩。

八

怪道閑身有底忙，鑄精奇字好開場。冷門逋客因人熱，破桌殘書擁鼻香。
放步衝風殊穩重，有才如此豈尋常。清尊新爵椒漿滿，暫斂顛狂奠國殤。

簡何曼叔重慶　乙酉

一別又驚三事侵，年來有三憾事。凝神搜詩而山妻呼我抱兒一也；詩成無與言者二也；排夜讀書無茶與煙三也。南冠猶為晉侯琴。目空餘子真能勇，生與同時欲廢吟。劫火全殲處禪蝨，心光新鍊不祥金。而今已定歸期未？莫見羣飛却入林。

晴窗秋勝，檢校舊稿，快然成詠　乙酉

手編冊葉細端詳，如品名花辨色香。世路豈應窮此士？行間猶在放寒芒。
起人廢疾須好手，探我背囊多驗方。明日移身向空闊，何妨掉臂去堂堂。

前題

水隈林窟著身輕，落寞潛夫豈避名。修竹便成穿日箭，心鐘時放撼秋聲。
十年燈火烹詩熟，萬里江山照眼明。孫況小疵原不惡，渠能富國與論兵。

發興　乙酉

遙煙九點是齊州，天北天南鼓吹秋。老樹藉風生氣勢，閑鷗隨分恣沈浮。
居身木石多年所，結契童孩忘輩流。今日劫殘人健在，後山無意賦窮愁。

但取其是吾宗耳，非真慕其作也。

行身　乙酉

倦客午夢醒，行身雲水中。長虹穿海眼，詩筆挾秋風。食字疑能飽，逢人欲諱窮。聰明天所授，不擬詐盲聾。

夜讀聞雞　乙酉

未了塵中惘惘情，敗褌砂石費烹蒸。一鐙望久花無數，萬事重論夜向明。破屋豈能无悶遯？老雞猶作不平鳴。十年失睡空自苦，明旦起來須再生。

失題　乙酉

待駕行雲到海涯，等身欲恨最難排。道之云遠思何及？夢縱難憑有亦佳。望裏秋星都是淚，水心寒月不宜懷。故人正立梧桐影，占卜空拋錦繡鞋。

南窗睡起，天月並明，意動得句　乙酉

南窗拋夢中宵起，抹眼噓天一欠伸。得月欲謀秋且住，除詩何許力能陳。

藏胸水鏡無留影，撲面癡蛾解戀人。不是文章愛幽仄，小生廊廟已呈身。

夜坐　乙酉

凍坐蕭齋呵欠頻，夜遙心遠氣難伸。巢林鐽采我何忍？枕卷親鐙天未晨。

藹足關河忘歲月，夢為魚鳥亦風塵。欲憑祛惑遮愁手，指點江山天地春。

吹夢　乙酉

久別天南水竹菴，悦人富貴自生貪。江湖濯足龍猶睡，糟粕填胸意豈酣。

入世失時殊未出，北風吹夢不能南。高樓天迥知何若？象罔無因與遠探。

雜詩　乙酉

夜寒中酒意模糊，人籟沈沈風忽呼。月白東山天甚遠，霜黃高柳鳥辭枯。爬梳蓬鬢思經緯，剪拂鐙花補畫圖。久擬溫柔化剛愎，南強猶此在江湖。

離恨　乙酉

離恨一再積，亂山千萬層。江風吹水月，人影拂林鐙。夜色好如許，歸心淒欲凝。問程春尚遠，臨酒力難勝。

中秋前夕，將欲往滬，維舟不發作　丙戌（一九四六年）

時年三十一

欲發舟仍滯，無眠夜獨吟。心隨江浪轉，秋入亂山深。不忍見閑月，生妨思舊林。從來摩盪手，於此恨難禁。

與簡能夜談過五鼓，不復能寐　丙戌

懷秋一往意難量，耿耿誰施養睡方？密霧遮鐙疑世滅，西風吹水到心涼。濁流收脚仍三顧，小處藏身却百忙。時向大夏請假半年，留渝中某校兼任祕書長訓導長，急切間不能去。老女癡頑雖不售，忍將奇服換時裝。

將歸粵，與穆翁濟波夜話南温泉，賦此為別（一）　丙戌

累夜繩牀夢廣州，按心強忍十年愁。深更鐙火欲誰語？老馬風沙如此秋。應響來禽已知處，去絃鳴鏑更難留。名儒自有千秋業，古調孤彈慎莫收。

（一）先嚴於〈修竹園詩前集摘句圖〉注云：「穆翁挽余在渠所辦草堂國專任教詩學，奈歸意已決何。」

前題

酒悲茶苦話尤酸，執手因依那忍看。秋士豈甘千里別，溫泉無補一心寒。戀林冷月驚風起，刻意新詩落字難。他日天南高處望，樓危寧惜更憑闌。

前題

流議咿啞知厭聽，逢翁思放撼秋聲。癡聾閱世寧非幸？穆翁已聾。巖岳堆胸自不平。人事略隨秋剝落，士心終似石堅貞。蘭筋久作圖南想，容我培風自在行。

重慶朝天門夜泊　丙戌

久客還鄉意可知，歸哉猶及趁花時。頹心倦眼仍支夜，飄雨斜風欲劫詩。寒雀喧林歌別調，鐙船行水佈危棋。解圍自始仗好手，曲逆於茲須用奇。

澧江夜宿　丙戌

屢禱歸舟快，江天冷落同。冬心霜月裏，時論水聲中。情急多憐物，林寒更起風。平生仙俠骨，何意技今窮？

前題

任懶能兼飯，連日日進十數碗。浮家又一宵。江湖流斷夢，胸抱入寒潮。注腳星全動，聞霜氣益驕。累年塵事迫，於此暫逍遙。

過洞庭湖舟中作（一） 丙戌

葉脱霜飛過洞庭，凌虛得句易生矜。舟衝狂浪無窮疊，心入寒雲最上層。近岸人家收鴨隊，夾江林影閃風燈。灣浯沅水迴腸似，自是懷歸畏友朋。

（一）先嚴於〈修竹園詩前集摘句圖〉注云：「自宜昌入洞庭時，前望波濤洶湧，無有涯涘。將近長沙時，則縈迴於沙洲間，始知屈子『嫋嫋兮秋風，洞庭波兮木葉下』之工。」

次韻无盦師賦贈二律 丙戌 以下回粵作

酒甘茶滑笑言宜，扶夢來還覺可詩。一往蟲囂終此滅，平生風力更誰知？
鬱心雲霧資吞吐，刻骨悲酸自歲時。懶與情春通好約，寒梅遲放向南枝。

余尚須往滬也。

前題

放脚經行路幾千，耐寒霜鶴閱堯年。入神精義誰真探？譁世狂名只浪傳。
捫額暗驚生卦象，舉身寧不重山川。阮生清曠甘淪跡，難得何曾恕此賢。

越秀山重游，偕伍宗法 丙戌

物情那不辨興亡，疎落寒花尚斂香。山氣徒傾三面秀，天風吹散十年狂。
感深今昨艱行坐，人與榕棉各老蒼。志士苦心誰解得？固應文字日荒唐。

香夢 丙戌

膽瓶水暖孤花活，起我年時已墜心。角枕鐙明香夢警，月樓天遠曉星沈。
微雲初日徐生眼，凍指危絃空復音。挑盡寒灰無隻字，為君情極只淒吟。

寂園犯夜招飲，談次多及詩事。賦此自解，並酬其見贈之作 丙戌

轉側看君屢改容，一樽聊與消殘冬。請新謝客池草句，休管追蠡神禹鐘。
塞鼻知香法斯妙，謂人勝天吾不從。瘦籐脫手坐亦穩，定是跛僧詩思濃。

寂園新跛。

連日談詩，微有倦意，賦視寂園 丙戌

焦冥飛亂依稀覺，強試棲心入酒杯。千日看雲開眼盡，萬流歸海放懷來。
已拋金彈忘機了，可笑驚禽側目猜。寄語諸君快欣賞，南風昨夜破寒梅。

歸客　丙戌

頑冬歸久客，癡坐意無涯。暗室養明眼，新花輝舊枝。清言思鄭重，淺處見雄奇。自有千秋計，旁人那得知。

止足　丙戌

止足憶行路，勞生安有涯？風前拋淚盡，花外着身佳。頑懶不滋事，江山殊在懷。跡心雙寂否？羨汝壁縫蝸。

除夜過花市　丙戌

積雨層陰歲且新，側身天地此何人？紅梅應怯心頭火，白酒微妍眼角春。花市喧年聊入足，佳人從古不同塵。夜闌肺腑私相語，欲聽云云更未真。

元日陰雨，懶不出門。酣睡過午，起坐成句

丁亥（一九四七年） 時年三十二

貪眠甚喜夢能諧，倚檻頻將倦眼揩。時論是非隨爆竹，情春風韻在童孩。
高天厚地蓄奇氣，白酒黃柑生好懷。勞思取償須肉食，詩心今日豈宜齋？

俗習元旦例須素食，我今良不奈矣。

雨歇獨行

丁亥

雨歇春開氣一伸，須誰簷瓦蔭吾身？丈夫豈作娉婷態，睟子難留過往人。
當路衣冠多出色，入時雞犬亦工顰。獨行自有英風在，萬怪撐胸取次新。

初四夜大雨

丁亥

寒窩密坐意惺忪，潛覺孤懷氣逆衝。此雨分明陰有助，今人那謂世無龍？
欲呼天乙神雷起，大破侯門春夢濃。連日眾生爭媚佛，某誰真聽六榕鐘？

寓樓距六榕寺甚邇。

香江探舊不遇 丁亥

道左層樓夕照明，呼門深待激春聲。昂頭未許簪花得，袖手真疑抱夢行。
海市沸騰天欲裂，壯心飛動氣全橫。無窮無盡人間累，信守殘經了此生。

方寸 丁亥

方寸微茫孰得知？悠悠談口每傳疑。難諧大夢偏貪睡，足見平生只有詩。
一世風埃遮好眼，十年歌哭豈前期？芳菲南國勞吟望，咫尺春陰正陸離。

初春風雨，西園雅集，同无盦師作 丁亥

語笑頻來甚不經，欲抽詩膽賽銀屏。花光射眼燈為怯，冷客傷春酒易醒。
刻意逕尋愁日樂，餘生還乞美人靈。陶公所懼君知否？敢撥危絃與眾聽。

前題

神駒負軛可千鈞，肯把雙肩借與人。萬事不關仍欲論，一身須懶豈無因。逢花何吝春全買，使酒驚知性未馴。遙夜追歡風又雨，明鐙高照更難晨。

寓樓即事　丁亥

寒重風高日易曛，狂夫無酒醉三分。佳人可惜難同世，俠骨何妨稍不文。欲築肝腸成壁壘，奮揮文字戰風雲。王孫輕視攻堅手，宋義空疎竟冠軍。

某夕睡起　丁亥

南冠幽縶得來歸，歛氣沈眠暫息機。明水觀身虛自賞，瓶花孕子那能肥？忍窮二技終當盡，入夢人天未許非。檐月晶清寒故好，何方閑氣用重圍？

是夜月有暈。

上海春寒(一)　丁亥

曠浪東南轉自歎，世間何事與卿干？近來英氣看終滅，漸老情春更做寒。
鬧市行身疑墜溷，羣書上口只吞酸。閉門且復謀甘睡，被底神龍密屈蟠。

(一)　先嚴於〈修竹園詩前集摘句圖〉注云：「時由廣州至滬，仍任教大夏大學，居梵王渡該校校園中。」

月來潛虛守默，諷籀自娛，有東方生招隱之概。而人世益亂，所事益非，坐對明燈，不能無歎(一)

丁亥

傾身營志總無能，慚對空軒雪亮燈。誤覺清狂勝柔媚，不辭奔撲當飛騰。
藏胸書卷多何益？入夢佳人冷似冰。斷送無邊功利了，幽憂僻癖日相乘。

(一)　先嚴於〈修竹園詩前集摘句圖〉注云：「時除授課外，非讀書則靜坐。」

殘夜　丁亥

嗚蛙通夜訴春寒，未抵先生拍枕歎。別夢人禽千萬轉，遙天星火兩三殘。此身莫測輕還重，往事冥尋辣更酸。漸掃嚴陵狂態盡，待呼侯霸與吹彈。

得葉翁元龍自蕪湖來書，却寄　丁亥

萬里人來傍水居，此非濠濮鎮愁余。大夏校景亦頗具水木之勝。長風生籟時方鬧，尺水潛蛟計已疎。世味攻心增惋惻，君情今日定何如？殺機軋軋渾難斷，只管清陰臥讀書。

小民　丁亥

鬧市居然隱小民，睡餘搓眼看殘春。俗緣似梗喉中骨，名器何如指甲塵。濁水未澄休索月，餓鴟難飽欲謀人。并忘美醜非真達，今佛應須用愛嗔。

平居不樂，憂患層至，遂有歸心　丁亥

邀遮患害隨時積，偶碰飛蚊也自驚。習氣坐教身屢廢，靈泉難洗眼雙明。斷橋語影行偕隱，密柳無鶯空用情。敗局終誰推巨手？天心似負一人生。

雨夜　丁亥

劈拍飛蟲密打窗，奔崩危夜噤鳴尨。十年苦味摧長喙，萬古沈冤塞大江。短筆淒涼將發菌，美人風雨出無幢。誦《詩》三百言偏拙，待向吳娃學口腔。

彌月不舉酒，王克生忽復招飲，不覺放狂，歸作此篇　丁亥

可恨囊空負酒杯，閑門不鍵待誰來？入旬除睡餘何味？積水無聲久忍哀。發義激昂生有自，取人卿相恐非才。何方盡吐儒酸氣？合鑄洪鑪鼓死灰。

坐夜　丁亥

籟滅窗虛坐五更，論量今古語咿嚶。壯懷頗覺潮來往，吾道其如月晦明。幾夜手批塵夢斷，一時神迫曉風清。眉間光氣崢嶸甚，不信丹青畫得成。

凝陰　丁亥

待放心光澈九州，凝陰厚陣放還收。一鷹怒起風吹墜，舉世同沈我忍浮。煮茗作膏疑可藥，築書成壁與遮羞。時窗前真築書成壁也。閑閑又是天將暮，未必雲衢可夜遊。

寶劍　丁亥

寶劍篇成大可哀，孰云元振但詩才？困魚吹沫頻舒歎，老樹空中已換胎。此間溪溝羣魚，每日將夕，多浮嘴水面。樹老皆空中。物論只堪雙塞耳，蟄龍應想一聞雷。白駒場藿終安託？慎爾優遊豈不該？

竟至　丁亥

竟至長飢坐夜寒，自與山妻違後，宵飯不進久矣。可憐鐙我默相看。奉書如佛靈何在？進國於夷世共安。欲咒星辰成粟粒，並陳絲竹盛吹彈。遙聞大道輪蹄密，馬快休教背上翻。

偃仰　丁亥

偃仰天仍在，沈酣神向冥。苦心棲石月，危淚落溪星。兵氣多添壯，勞歌漸欲停。無人資短策，深夜鎖殘經。

酣歌助感，待旦如歲，強自解慰，勉成二律　丁亥

日暮酣歌意莫傳，佳人天末久相捐。別無神趣消遙夜，強作風情夢往年。曲學略難資世用，論才猶可奪詩權。浮生但要安心了，酒盞茶鐺自一天。

前題

長年茫寞掩孤標，就熱趨明不自聊。蛙鼓風琴愁裏曲，燈圍星網眼中宵。
尋常淺夢能滋淚，咫尺清溪欲起潮。兒女情多君莫恨，茂先才調信超超。

鍾記室品張茂先詩，謂恨其兒女情多，風雲氣少。

遣懷　丁亥

眷人輕燕去還留，曠士於茲煎百憂。坐困行疲俱不耐，天高地廣欲何求？
垢衣未免譁時俗，真氣知堪鬥勁秋。漠漠野塵風後盛，只今何處舉吾頭？

雜言　丁亥

縱意狂吟自覺賢，華丹敷抹定非妍。世懸巧手金針末，身在閑溪浴鴨邊。
萬態低昂供感悟，百年舒卷足回旋。神仙未必真忘世，抱朴於焉著〈外篇〉。《抱朴子．外篇》足資治國平天下。

微行　丁亥

枯坐心將墜，微行氣且舒。鷩禽還測我，飄柳欲叉魚。靜賞塵中趣，全忘腹裏書。弘羊休自喜，天算有乘除。

夜永　丁亥

寂寂苦夜永，悠悠思歲華。魚吞星作飯，夢向月謀家。萬事堪涕唾，一心攢鏌鋣。何時歌慷慨？棄置冷生涯。

過雨生寒，月暗星隱。寓樓夜課，念亂傷時，強成短句，言無詮次矣　丁亥

總是身難賣，非無祿可干。時危雙淚熱，風割眾星殘。好女悲明鏡，書生欠素餐。重為貧賤別，蔬菽憶團圞。

前題

遠客憎遙夜，長懷訴短竿。奇文妨妒月，盛氣欲衝寒。逃世良非計，輕身好犯難。何當三尺水，揮取萬龍肝。

書感(一) 丁亥

塵裏物紛更，端知世可輕。焚香深氣息，堅坐到平明。語燕空勞問，禪心戒用情。閉門風滿室，抱膝謝蒼生。

(一) 先嚴於〈修竹園詩前集摘句圖〉注云：「時在上海，見天下事已無可為。初事禪定，已能堅坐。從茲以往，將以學術終老矣。」

佳人(一) 丁亥

角枕香紅念未捐，佳人心緒太沈緜。脂車載美思成病，漆室希光夜似年。撩恨江山終在眼，展才文字豈非天？禪關久坐癡難斷，且亮銀鐙照夜眠。

(一) 題出次句，亦猶陶公之賦《閑情》爾。

感事　丁亥

柳根溪漲魚遷宅，簾外風高鳥失聲。辯士著書終寡要，小生罵世足風情。潛鱗飛羽隨升降，隻字千金孰重輕？仁不能逢智斯可，儀秦何必事縱橫？

述衷　丁亥

謀遠福國厚，世衰行道難。恩讎呈眼底，生殺起憂端。諫草書民本，鐙花落夜闌。雖然雲水暗，終覺海天寬。

前題

燎毛非玩火，彼美枉含辛。堅石矜奇骨，清波有墜塵。情高難取友，詩好拙謀身。養性羣經裏，聊為寂寞民。

苦待（一） 丁亥

雲裏霜蹄不易乘，世間兒女定難勝。可憐乾鵲時欺我，久似寒蛛苦待蠅。
水墨濃愁箋上字，風簾敲影夜深鐙。年年刻厲安尊命？此意天公察未曾。

（一）回穗時作。

感興 丁亥

捎雲礙日誰家屋？民事遼遼未盡勞。漫指終南嘲捷徑，古以隱遯為仕宦捷徑，今之大學教授似之。欲尋有北試霜刀。山中貞白謀難定，牀上元龍氣自豪。慷慨
平生非得已，少游款段意空高。

同无畬師登六榕寺塔最高層 丁亥

絕頂浮屠高可攀，飄風忽忽破禪關。望中是物皆何相？亂裏矜身不耐閑。
日逐野塵非面目，天留吾手寫江山。人間功果須真了，舊境靈虛未暇還。

靜慮　丁亥

滔滔皆是汝安行，執甚邊端可用情？深坐不為塵內想，百憂還在夢中生。
閑雲忙水誰優劣？闔目開心任晦明。堅坐頓超無上境，聞根那入市門聲？

孥空　丁亥

孥空未遂埋輪志，組句猶應勝甲兵。跨世孤踪閑處傲，聲詩餘韻住心鳴。
一人袖手才無賴，萬葉啼秋夢屢驚。待息諸緣填盡漏，試窺天鏡鑒平生。

守默　丁亥

守默潛幽舌且苔，陸沈天浸更誰哀？人禽嬉戲逾工變，爾汝勞叨未是才。
真氣漸凝疑可佛，積陰彌厲欲騰雷。圜中物物紛生滅，曾有何人作主來？

遷寓東山（珠海大學），彌覺恬退，閑臥成此　丁亥

為人勇邁欲誰先？細究中邊理未圓。掩口罷談平世略，制心優作在家禪。
振奇自惜多傷性，退密時還一仰天。布被胡牀生事足，會情星月伴閑眠。

棘枳　丁亥

棘枳離披幕道周，蹐天跼地欲何求？何慚國士身今退，未犯霜風氣已秋。
裹璧自沈寧不惜，將心誅滅那無愁？嘈嘈眾口爭便給，王豹河西空善謳。

師儒　丁亥

懽隨魚鳥共江湖，無意昌言辨紫朱。遮眼世紛成鬼趣，堆胸王略作師儒。
情閑易可生禪慧，機熟何須數念珠？憎愛漸忘伸腳臥，是人能此總非愚。

丁亥歲闌，答寂園紹弼見貽之作　丁亥

分明道勝意還疑，想入無生更有悲。壁縫着蝸居豈穩？杯心呼影此為誰？
瓶花忍凍開難媚，霜月驚風行故遲。虧汝兵餘世間客，資糧擺落只謀詩。

自我入禪，不復經意於文久矣。寓樓閑寂，心氣交平，人生無常，物論何極？明燈忽滅，坐以待旦

戊子（一九四八年）　時年三十三

世位浮埃得失輕，并銷勝解滅詩名。鐙花未障枯禪眼，物論何如齧鼠聲？
十指無鋒羣賊迫，九州全墨一心明。誰人會我沈冥趣？暗室看看慧日生。

荔枝灣重遊偕諸生　戊子

趁閑來步水之湄，春後尋芳自笑癡。魚鳥親人仍有屬，江湖飄夢去何之？
懸胸星斗捫終在，余胸部有痣，近年愈益脹大。繞指風雷放恐遲。試與諸君排浪去，天提地負許誰羈？

前題

柔波初日荔灣頭，佳士明妝相對優。英物坐妨驚俗眼，雅懷真擬納江流。
搓將心鐵如丸弄，還結兒郎與道謀。稍待身根粗解縛，五湖春好入輕舟。

香港仔太白仙舫宴張子春先生，諸君子要余作詩（一）

戊子

藕孔逃身豈易安？波根疑有蟄龍蟠。濁醪恐惹千憂起，狂態何妨百輩看。
且以文章輝草木，並招風雨助波瀾。明朝分手東西路，莫遣羣生起異端。

（一）先嚴於〈修竹園詩前集摘句圖〉注云：「時偶來港。」

聞鐘

戊子

故國人歸燕得逢，樓臺煙雨望惺忪。天無顏色春安託？手執花枝意竟慵。
推月不招閑夜夢，騰身猶是故時龍。坡仙瘴海沈酣甚，佛子高敲欲曙鐘。

秋朝對茗　戊子

吁嗟誰廢臥龍才？累夜寒風刺骨哀。一紙怨詩情悔熱，十年秋被夢休回。
心光徹照無餘物，世味深嘗有此杯。埽破澄清如未可，蒼蒼不合放吾來。

此娃　戊子

玉顏比比皆皮相，英氣超超獨此娃。語重耳根盤大岳，夢深心水茁靈花。
香紅癡賞偏生覺，天海昂行自有涯。可惜少年狂事少，未須毀跡入煙霞。

林園已春，與靜君深談　己丑（一九四九年）　時年三十四

明珠水玉了無塵，癡小因依最可親。百樂匯為心上語，萬花齊怯眼中人。
從來追電奔雲想，漸變文龍繡虎馴。日月並明天蕩蕩，請君涵泳一家春。

對客（一）　己丑

對客無言意苦多，乞靈今只向彌陀。詩終是蟚休饒舌，夜已難晨負枕戈。
罵世可容成絕響，忍窮曾不曰如何？好收霸氣澄深抱，輕點霜毫寫豔歌。

（一）先嚴於〈修竹園詩前集摘句圖〉注云：「自此起是違難來港以後詩矣。到港時是六月八日，此詩是偕曾希穎過周懷璋醫生家即席之作，無人賞音也。」

絜餘等招余同靜君登太平山絕頂作　己丑

淩虛高蹈意微醺，海抱山環日向曛。跨腳恐傷千穴蟻，昂頭疑觸萬重雲。
天門咫尺寧無鑰，石陣縱橫欲建軍。不有好詩生腕底，只今何以報諸君？

出定（一）　己丑

市鬧濤喧出定初，牢癡堅癖兩難除。背人私賞杯中我，無意重觀天下書。
驟雨打頭驚棒喝，袖刀臨海索龍屠。灘流風馬歌同病，宰嚭從教結伍胥。

（一）先嚴於〈修竹園詩前集摘句圖〉注云：「此詩寄廣州後，聞傳誦。翌年佟紹弼來港，尚稱之。」

己丑生朝（一） 己丑

日月無停軌，今朝三十三。驊騮須少壯，風浪警沈酣。理得言欲寡，才橫閑不甘。堂堂天鏡在，一為發深慚。

（一）先嚴於〈修竹園詩前集摘句圖〉注云：「此詩起云：『日月無停軌，今朝三十三。』蓋足齡也。時何曼叔來港，謂已許久不見此種好詩矣。」

海樓夜寐（一） 己丑

誰看羽扇出隆中？可惜蛾眉愛姣童。冷客同塵師世故，驚濤譁枕鼓詩風。亢龍有悔終神物，猛虎從渠說大蟲。滿眼滔滔胡此極，星河真要一槎通。

（一）先嚴於〈修竹園詩前集摘句圖〉注云：「時寓西營盤海旁先兄湛燊處，曾希穎已常相往來矣。」

夜臥銷凝，詩以自解 己丑

幼安浮海更何尤，窮狀終為婦稚羞。覆國人材猶聚訟，經天河漢亦橫流。騰騰兵氣逾光怪，密密心謀且罷休。閑味范書〈方術傳〉，今宵有夢莫深愁。

遣褱 己丑

老女施容只自羞，丈夫還作稻粱謀。臨淵直擬量深抱，合眼何須有九州？追夢裏春休失足，論天下事欲從頭。沈沈煩暑將銷歇，早晚闌干入好秋。

怨詩　己丑

掩抑琴絲自怨嗔，東鄰何事妒深顰？玉顏不字身將老，月地難妍夜向晨。
枕上如聞慈母歎，世間安見有情春？河陽一縣花無主，多謝潘郎拜路塵。

感秋　己丑

仰首何妨久看天，小生磨厲過年年。驚風戕物孤根在，敗榻安禪萬慮煎。
秋故不情仍結想，夢今多警勝無眠。鐘鳴落葉知哀楚，古調高彈欲自專。

聽鐘鳴悲落葉，梁蕭綜樂府也。

寄答伍宗法廣州　己丑

高墉射隼無不利，寶器藏深非活埋。讒口交鬬憐鬼話，寒窩堅坐得心齋。
金針準給名姝巧，鼠輩焉知曠士懷？何日安車同二子？風雲呼擁過天街。

送春霖春發赴英深造　庚寅（一九五零年）時年三十五

故國槐根競帝秦，魯連標格世誰遵？乾坤不壞生吾輩，風雨同歌有此辰。
一去應成天下士，重來與補劫餘春。潛夫只有心聲好，贈汝真詩鎮伏鱗。

渡海授課，宵飯未謀，對月成詠　庚寅

謀道悲生久忍哀，乘波踽陸客何來？淡回書味從忘肉，潛起心香不肯灰。
一月依微還照影，萬頭騷動欲逢才。遙天自有青青眼，虎鼠淵雲莫浪猜。

為李鳳坡題王香石〈散書記〉手卷　庚寅

十萬牙牌擬六軍，豈無劉澈用吾文？是貧非病隨年積，急雪喧風坐夜分。
識字已多真鬼擊，及身揮去勝秦焚。聊賢博奕休繾綣，糟魄更張何足云？

夜起　庚寅

心畫千張欲自燒，人間可語且寥寥。斷無太乙私中壘，殊恨周郎誤小喬。
古往今來歸一枕，月沈鐙在待明朝。銀屏昨夜孤飛燕，短翼差池莫度遼。

海旁獨行　庚寅

難起夷齊共海濱，側身天地定誰親？莫教懸璧輕離握，（梁有懸黎，楚有和璧。）
未信圓顱盡是人。獨醉自憐書甲子，一竿時欲釣乾坤。（借一韻。）長風高浪光
天在，滿眼旌旗那見秦？

送別佟紹弼　庚寅

逃墨逃楊孰重輕？詩書功罪更難明。胸中冰炭殊恩怨，度外風波一死生。
宛聽中丞喝南八，亟須孤島起田橫。王孫自有歸燕策，善事荊卿與報嬴。

書與　庚寅

留身強自勸加餐，欲斷朱絃那忍彈。刻意椒梅通味外，美人心眼在雲端。
憶悲可恨忘無計，生苦誰知死亦難？細字斜行聊百一，殷勤書與再三看。

尋覓　庚寅

海外潛魚霧裏煙，靜中尋覓到無邊。藏愁入骨初知味，合眼看花更覺妍。
鳳醉鸞酣迴別夢，月明星爛好誰天？黃金鍊出相思句，試託靈風與密傳。

禪關　庚寅

禪關何計得輕安？惻惻微生意獨寒。門外更無羅雀地，世間還見沐猴冠。
文章正脈看將斷，風雨危絃苦自彈。說與故交應太息，食梅今竟不知酸。

演《易》感興　辛卯（一九五一年）　時年三十六

日月交飛去那邊？黃裳素履亦通玄。十年不字貞其罪，幾輩擡頭見有天。
錦瑟朱紘誰續斷？秋風神馬欲無前。綿綿未是安心法，又奏聲詩唱一先。

失題　辛卯

誅心伐骨奏刀頻，出死從今愛此身。噓氣待成天下雨，余龍年出生。留鐙明照夢中人。三年竟閱無窮世，一室閒回自在春。爾日先生眠食足，及門花鳥盡精神。

往事　辛卯

往事悠悠一夢過，後車誰解邈山河？壑舟石火纔經眼，烈酒冰腸又起波。
萬古人天終有隔，相看鷗我各如何？閉門聊發金針用，繡得平原似什麼？

昨夜　辛卯

昨夜於焉奏綠章，天公應不易評量。觸山填海將何益？捫蝨屠龍只是狂。
短舌豈知心上味？殘書時放定中香。秀才未盡厭厭者，最有毛錐甚劍鋩。

至夜　辛卯

果核稱仁理孰尋？生機藏此即天心。寒窩抱影如是住，落月滿窗何處今？
鄰囈傾聽知有漢，隋珠拚擲更無禽。龍蛇起陸機焉息？待此微陽散積陰。

感事（一）　辛卯

待借扶搖上太空，夕陽西下水流東。秦哀曷不歌袍澤？新莽徒知辨鳥蟲。
結影固盟情自篤，頂天孤往路殊通。明妃嫁與胡兒了，聽得琵琶耳欲聾。

（一）承認外蒙獨立時作。

酒醒　辛卯

投李還瓊義或宜，移基改井竟鉼羸。可憐斷蚓成甘餌，準化寒蛛吐苦絲。
犬吠不知春到未？酒醒無奈夜闌時。小生那解歌桃葉？此調煩君問獻之。

夜起獨行　辛卯

短寐居然別夢回，恩情無奈已寒灰。明星朗月成今古，厚地高天獨往來。
神劍固應屠鬼魅，瓊花何以異蒿萊？他年脫劫相逢哭，宜信黃金是禍胎。

歲除　辛卯

飲恨吞酸哀復哀，情春知往可知回？裝緜端綺渾無暖，換水瓶花也不開。
有眼但看天日在，是人寧為斗升來？歲除未遣閑愁盡，留伴清詞與酒杯。

壬辰試筆

壬辰（一九五二年） 時年三十七

難得情春浩蕩歸，此來須汝處重闈。山河夢夢從生滅，爆竹聲聲有是非。

萬態低昂空望遠，一身收放極知微。陳王應識相思苦，莫枉明璫結伏妃。

渡海探舊

壬辰

畢竟南柯路可通，廿年塵夢試教同。風柔如水人閒渡，天闊無雲日正中。

春色也應輸酒面，佛身何必是貞童？靈根一任絲絲縛，儘有金刀與劈空。

孤館

壬辰

三年孤館了哀呻，礪齒端知好食貧。纔治牙疾。敗壁疎籬容敵劫，疾風狂雨

欲危春。扶花上屋效奇節，耐熱忍寒如主人。語與雲陰師友道，多應珍重

法輪身。

待曉　壬辰

劬古懷情遠，幽棲見道真。沈冥非溺酒，英霸自難臣。殘夜人間世，驚波夢裏身。吹鐙時居大磡村，未有電燈，只用火水燈，故云。待天曉，無意望星辰。

夏夜風雨無寐作　壬辰

坐夜每至曉，處身殊覺寬。文辭有枝葉，風雨助波瀾。未借名增重，徒知性所安。蒼生今輾轉，天眼可曾看。

翌夜無雨有風　壬辰

奮飛容積力，思過愛閑居。敗節休芽蘖，尖風與削除。未秋神自肅，無女月相疎。鐙火明將曉，精光各有餘。

孤懷澒洞，經歲無詩。長夏放閑，一廬自縱，星月滿天，胡牀仰臥，疑自太清人也　癸巳

〔一九五三年〕　時年三十八

海國濤聲在耳邊，無妨長夏放閑眠。偶然伸手摩星斗，未盡埋頭向簡編。
夢裏飛花如可拾，胸中真想定誰傳？退藏別有安身策，方寸時開不漏天。

天轉(一)　癸巳

天轉踈星沒，風翻宿鳥危。近聞長樂老，也作〈七哀詩〉。亡國寧無責，
偷生竟有辭。《春秋》嚴斧鉞，爾汝欲何之？

(一)　先嚴於〈修竹園詩前集摘句圖〉注云：「姑錄全章矣。」

用短　癸巳

用短栖卑豈道孤？天高海廣有龍無？暗縫姑讀平聲定跡寒蝸穩，活水通根病葉蘇。冷眼觀時得真解，深杯謀夢是良圖。東陵大盜甘人肉，只敢尼山捋虎鬚。

夜望　癸巳

鐙火交加雀鼠譁，樓臺疎密各誰家？香車騷動羣爭夕，星漢橫流那見涯？善道晦明天上月，傾城榮悴雨中花。吾生自有無窮在，錦瑟何曾怨歲華？

答賓　癸巳

宵深賓至且相酬，夢話何當說不休。朱首如堪久南面，黃河寧信忽西流。點裝廊廟須卿輩，函蓋乾坤有酒甌。去去容吾酣短睡，明朝風雨要登樓。

尖沙咀夜渡（一） 癸巳

星火難分山上天，頑冬長夜對茫然。驚濤恍在胸中湧，缺月留看劫後圓。默乞情春酬宿約，欲揮風馬入無邊。如何錯蹋人間路？更坐黃牛上水船。

黃牛，峽名。〈古歌〉：「朝見黃牛，暮見黃牛，三朝三暮，黃牛如故。」

（一）先嚴於〈修竹園詩前集摘句圖〉注云：「此首警語在結句，故錄全章。」

迴向 癸巳

枉讀〈楞嚴咒〉，昏沈已六年。佳人非女子，英氣換寒煙。未解紅鴛劫，將傾白足禪。從今迴向也，消息報春先。

歲暮書懷 癸巳

佛地行多阻，潮音聽易訛。林疎風更緊，天遠水空波。庚戌稱年恥，詩書奈汝何？明當殺賊去，拋卷奮金戈。

前題

胡牀好夢空，清夜坐詩窮。結想千行下，迴天一默中。霜風批月白，心火迫燈紅。曲逆多奇策，何因起沛公？

歲暮鐙前，食貧自樂，率筆成此，不假作意也（一）

癸巳

肥甘易厭慣糠糟，兒女喧紛日幾遭。一別心肝時欲裂，今生牛馬豈辭勞。但須理趣隨年長，何必文章比父高。歲暮燈前教夜讀，失驚醉眼辨秋毫。

（一）先嚴於〈修竹園詩前集摘句圖〉注云：「自此章作後，至丙申冬始見一首。蓋惟專力於太易，雖平生積好亦廢也。」

曉寒（一）

丙申（一九五六年）時年四十一

舉頭還見舊時天，鏡裏青霜老少年。一榻未能安反側，眾賓休許是神僊。北風吹急巢禽徙，短袖寒多納手賢。語與烘簾趨熱客，這回容汝得春先。

（一）先嚴於〈修竹園詩前集摘句圖〉注云：「已移居大磡村，任教聯合書院。」

南極島夜飲，同水心、潤桐、簡能 丁酉（一九五七年）

時年四十二

指月曾何見？觀心了不休。蛟龍無好夢，人物自高流。食古從知味，悲生易得秋。八年鄉國淚，還此付悠悠。

前題

白日無聲去，滄波照影來。高風宣道氣，明月在深杯。活國真餘事，昌詩又一回。漫矜旋轉力，容易老書堆。

暴風雨徹晨夕，讀書不寐作 丁酉

萬竅喧囂白日翻，尺波崩迫起危瀾。深燈明滅心俱蕩，獨客沈冥世亦殘。一往身名文字老，九霄風雨躍飛難。讀書種子無多了，莫作牆根紙簏看。

歲闌　丁酉

長夜懨懨夢不成，高鐙清徹為誰明？歲闌竊喜生春意，謗入聊當聽鼓聲。
漸瘁花枝須活水，幾人夫壻得專城？精光沈抑休相笑，甘墮書園作老兵。

風雨交加，夜讀徹曉　戊戌（一九五八年）時年四十三

不必靈蓍與決疑，一春無夢了深悲。傾城顏色都拋却，叔世功名奚以為？
風雨退藏非惜命，乾坤將毀密謀醫。丹心炳炳舒青眼，失笑潛龍起睡遲。

六月十七日攬揆，繼五兄作　戊戌

深密居藏四十年，漸須晴日住中天。名高易與身相左，人好何煩月定圓。
寸策觀生知可大，策，著也。《易》：「觀我生，君子無咎。」又：「可大則賢人之業。」習彥威〈與桓祕書〉：「命世而作佐者，必垂可大之餘風。」一肩擔道到無邊。炎風未礙薑花發，百盞真香已盛傳。

新秋雜詩 戊戌

故山猿鶴漫相譏，未改秋風爛布衣。別館重尋憐繭足，真文三食老書圍。
來雲作好聯緜淨，去水無聲獨自歸。頗怪流邊蘇玉局，茹辛何以得癡肥？

前題

地迴方知得月多，秋邊閑着意如何？漸無昌谷平原想，並廢曹瞞〈碣石歌〉。
幾日看花銷霸氣，寸心凝白足禪那。君看無極滄浪水，水底龍馴已不波。

戊戌十一月十一日，偕潤桐、簡能、水心，攜聯大詩社諸子薄遊荃灣，憶故國立中山大學校長張子春先生。荃灣，先生之廬墓在焉 並序 戊戌

子春先生，南州犀照，天際真人，久掌文衡，式矜石室。踵義和之欽若，序次星辰；分稷契之憂勤，贊襄化育。生材備九府之美，下觀協顒若之孚。其貞志動容，積中發外，德業所就，一二能詳歟？今秋壞

朽山崩，桐枯竹敗，瞻烏爰止，神翼不還。雖迴長風以助號，盪層波而化淚，何可以起貞魄於重泉，來旻天之一老哉？百身無贖，重可哀已！吾以弱才，猥居門下，受教君子，垂二十年。許神駿於支硎，伸長鳴於中坂，龍媒息跡，款段前驅。其為多幸，尋想徒慚。至於中郎倒屣於仲宣，吏部稱文於叔起，君游把臂以貽話言，子壽改容而呼小友，浹於肌髓，何日忘之！頃者道側過車，風中回首，見靈和之楊柳，想祭酒之生平；問精爽於何歸？哭風流之頓盡！又何止過衛人之舊館，遇一哀而出涕乎？嗟夫！余四十無聞，五更煮字；書圍坐老，箕口方張。青萍無劃雍之功，赤舌逞燒城之酷。雖風霜節厲，艱危氣增，傳宿火於孫枝，炳丹心於子夜；而神鐘沈於德水，龍光沒於延平，河東無解祟之方，吳門有辨亡之論。言念君子，永從此辭，人遠山空，斜陽獨在。悲風起於將夕，鄰笛助其淒吟；不瞻南斗之輝，恐甚西臺之慟。昔何揚州酸嘶於庾亮，曹孟德激感於橋玄，申意比方，未為非類。今茲發詠，非長歌之哀，甚於痛哭耶！

正學高文一脈通，殷憂無奈老黃童。十年天日風波外，滿眼山川涕淚中。
埋玉幾人悲庾令？過車無酒酹橋公。乃心淒斷年時路，愁見斜陽減舊紅。

己亥人日　己亥（一九五九年）時年四十四

水碧山青地道光，眼明心活且知方。幾家風柳饒春色，萬頃煙波浴夕陽。
性氣不隨千劫壞，詩書全勝百花香。海隅十度過人日，未要沈吟説斷腸。

獨行　己亥

振衣拂袖撥車塵，掉臂昂頭氣得伸。天日初無明暗面，朝昏終盡往來人。
隨身有影寧非偶，舉眼觀空識此春。九萬里風生趾踵，下民何必羨飛鱗？

夜起　己亥

蕭蕭人外老詩囚，漠漠天西下玉鉤。真氣略能消積夢，閒門休與入新愁。
當機未了前三旨，行世寧論第幾流？端要虞翻傳絕學，望中鐙火失齊州。

春望，用前韻　己亥

未除結習花終著，見維摩詰經。偶竊時名筆一鉤。紅雨春邊欺淚眼，白雲天末鬱鄉愁。燕來不誤東西屋，水靜渾忘上下流。誰識盧家老行者？嚴關堅坐在南州。

春望，三用前韻　己亥

暗縫讀平聲蝸伏自甘囚，深水鱗沈不上鉤。散蟻追甜漸成陣，寒蛛設卦獨占愁。蟲魚無識寧非計，歲月空過要倒流。未用構亭傳史筆，吞聲掩淚集中州。

春望，四用前韻　己亥

側陋相看是楚囚，闌干百遍拍吳鉤。未嗟筆禿難成字，正要峯尖與割愁。天意果真妨直道，星河誰信不橫流？十年師友今餘幾？淚濕春風望廣州。

次韻熊潤桐見贈（一） 己亥

北固量才重使君，東阿何礙定吾文。閒愁漸喜隨年減，詩國初甘與子分。
業淨休尋千日酒，風高從埽九天雲。孫弘曲學今開閣，相望呵呵意屢醺。

（一）先嚴於〈修竹園詩前集摘句圖〉注云：「時尚共在聯合書院，鄭水心兄見之，謂魯柯兄遠不競矣。今檢熊兄遺集，原作已刪去，何必哉！」

夜讀申旦，殘月挂牖，鼯鼠宵征，寒風撲面。昔子夏有言，雖退而巖居深山之中，作壞室，編蓬户，尚彈琴其中，則亦可以發憤慷慨，忘己貧賤。余策身行世，百不如人，而抗心希古，未肯誰讓。知我有天，安在其不樂也（一） 己亥冬

壞室編蓬也自安，乾坤全向此中寬。百圍大木材堪哂，一片靈臺狀亦難。
月在且知天有眼，宵征誰謂鼠無肝？殺機已斷由他了，却閂重寒坐夜殘。

（一）先嚴於〈修竹園詩前集摘句圖〉注云：「原題甚長，此但取首四字矣。時余已與曾君如柏、馮君康侯、謝君文龍、梁君簡能同離聯合書院，熊潤桐君則前去，惟鄭君水心獨留耳。緬想舊遊，宛然心目也。」

閒窗春晝，初得午睡，覺來成此　庚子（一九六零年）

時年四十五

注脚書眉三十年，排愁何地見何天？花光不補朱顏減，酒醆初尋午夢圓。
五子同歌聲豈惡？萬牛游刃意誰傳？東風未促斜陽下，猶戀先生破屋邊。

重陽後四日，經緯文社同人雅集藍地偉園，各賦

辛丑（一九六一年）　時年四十六

張弛隨宜輒自謀，堂堂行列往來遊。高風未易資凡鳥，真氣知堪戰勁秋。
日月有明千劫在，江山和夢十年休。林園是處開生面，一為添詩故故留。

初復冬令時間之日，與諸生進新界感賦（一）

丙午（一九六六年）　時年五十一

南國惟冬夏，時港中只有冬令夏令時間，然則是無春秋矣。天公失主張。隨身嫌側影，無地不斜陽。道喪人奚適？花開今不香。神州如北望，容易發吾狂。

（一）　先嚴於〈修竹園詩前集摘句圖〉注云：「時年五十一，惟溺於國故，不事吟詠者已數年矣。」

塵累嬰心，新秋獨行，快然占此（一）　庚戌（一九七零年）

時年五十五

五十無聞氣漸平，如何詩骨尚堅貞。途殊人鬼真知道，節厲風霜却避名。住世天教傳絕學，奇窮吾不厭餘生。萬流仰鏡清空在，掉臂昂頭且獨行。

（一）　先嚴於〈修竹園詩前集摘句圖〉注云：「已移居今之寓樓者兩年矣。」

誰識（一） 庚戌

誰識臣精田光先生語也。非盛壯？拂衣初喜得投閑。頂天時怯侵神座，俯首徐圖改舊頑。歲月不居朋好少，江山依舊夢魂慳。從來直幹防摧折，爾許駢枝待力刪。

（一）先嚴於〈修竹園詩前集摘句圖〉注云：「惟取篇首二字為題耳。」

失題 庚戌

萬鈞長在壓雙肩，正學酸辛久力傳。落落吾甘藏屋漏，《爾雅・釋宮》：「西北隅謂之屋漏。」卑卑汝且立牆邊。余律詩中四句向少用疊字者。聖功理合全為主，惡物驚看總有權。大漢天民哀不幸，未教神棍換千鞭。

連宵禪定，起坐惻然 庚戌

平生奇傑迹難徵，無力回天欲作僧。舉國昏沈天不屬，一人酸楚氣殊騰。江山在夢寧真到，歲月潛移似未增。累夜入禪添境界，潛升何許汝渠能。

年來傳无盦師下世，吾未之信也。頃得余少颿寄《粵詞蒐逸》，則吾師果真已矣！何痛如之（一）

庚戌

百世無吾師弟情，疑非疑幻淚長傾。倩誰刀劈千秋恨？從此天難一日明。

早識渠魁張羿彀，並催神咒勅心兵。他年夢夢歸閭里，惘惘如何遣此生？

（一）先嚴於〈修竹園詩前集摘句圖〉注云：「今歲得閱吳辛老書，始確知本師謝世於丁未歲。三年後余始作此也。」

丙辰生朝，花甲再經（一）

丙辰（一九七六年）時年六十一

又是神龍飛在天，南州今此好山川。炎風只益薑花壯，醉眼還欣夜月圓。

未許蕭郎嗟百六，已知佳士越三千。兒孫長我無窮樂，待寫羣經絡續傳。

（一）先嚴於〈修竹園詩前集摘句圖〉注云：「不為詩者且六年，蓋師逝有餘痛也。」

立秋夕作，示乃文 丙辰

伏櫪駑駘不受鞭，秋風神馬要無前。乾坤獨挽隨長夏，師友相忘易十年。經緯書院停辦已九年矣。壓絕虛驚接來日，起將沈恨塞遙天。吾儒亦有安心法，豈必禪家汝獨賢。

深秋風雨，寓樓酣睡，感而賦此（一） 丙辰

夢話生憎說不休，分明鉅海一鴻溝。櫪中誰惜騂騮老？限外同歸鳥鼠秋。百歲功名歸一枕，九霄風雨失層樓。冬郎漫訴芳時恨，那比吾生斷續愁。

（一） 先嚴於〈修竹園詩前集摘句圖〉注云：「自己亥賦〈四愁詩〉後，直至今歲生朝，余自知詩文壓絕不進者首尾十八年，故惟溺於學。近歲且事樗蒲，發殺機以驅陰障，已盡除矣。」

附錄一　劉士瑩〈陳湛銓《修竹園詩集》序〉

曩余嘗從事於廣州，維時初光復，粵中文士之扈從行都，或流徙大後方者，均絡繹言旋。於是白雲、珠海間，風雅復振。其明年，陳子湛銓，始鼓枻載書，自巴、渝穿巫峽，泛洞庭而歸。當其於漂泊之餘，宴衎之頃，陸續由篋中出其積稿，以示吟朋。胥皆其於聖戰時，酣歌高詠，聲裂坪石，氣騰赤水之什，觀者莫不為之驚心動魄焉。尋復以新篇刊諸《嶺雅》，則又爭相傳誦。時陳子僅年在而立耳，乃壓倒一時老宿，咸視為異軍突起，許其雄踞壇坫，蓋儼然既成大家矣。余得閱其偉構，聆其英聲，心竊亦慕之，然猶恨未能一識其面也。已而穗垣易手，士各逃秦，乃不期而遇於海外。一見恍如夙世素交，嗣是時相過從，高樓佳日，輒瀹茗論詩。觀其意氣慷慨，議論縱橫，且驚其記誦淹博，似於書無所不讀，讀又無所不精熟者。覺其殊不類今之士，殆古之豪傑人也。其時陳子方僦寓荒村，余嘗訪之，相見於老屋之中。目睹藏書，盈室充棟。叩之，蓋不下十餘萬卷。陳子日則都講上庠，夜則埋首《墳》《典》。恆徹宵不寐，達旦乃寢，至午而興。數十年如一日，未嘗廢一夕之功。彼慧業既得諸天授，又幼年好習武，長懷絕技，體質迥異乎常人。故歷窮乏凍餒而氣益振，極勤劬勞瘁而神彌王，愈攻苦則道愈尊，業愈精。遂能納四部於腹笥，萃三學於一身，偉矣。若夫世之士子，雖亦有好學者，強而效之，恐不免於累月而疲，積歲且病矣。其後陳子益復屏世務，罷吟事，而專心於《周易》，並以餘力旁及其他經史考據。而余是時方蟄居新界，罕入城市。又困於功課，漸止唱酬，與陳子不相見者竟十餘年。及戊午（一九七八）歲春，余退休移家九龍，與陳子所居密邇，乃復往還。通電過呼，頃刻可聚。而吾二人適又後先復吟，逸驥長嘶，振鬣斯應，短褐素交，垂老彌真。幾於日必一見，見則必道學問，論詩文，或各出所作以相娛，滋樂也。既而語及天下事，則又往往憤慨激昂，形於辭色。再相顧歔欷，恨不能同舒雙臂，共拯元元。忽復一似重有憂者，知不惟憂故國，亦復為吾道憂也。是則吾二人又豈但如韓、孟之相許，且如琨、逖之同風矣。若夫陳子之論詩也，余嘗於茗敘之間，聞其誨諸弟子。輒曰：凡欲成大詩人，必先有聖賢用心，益以豪傑氣概。夫如是所為詩，乃有足觀。少陵之竊比稷、契，裕之之尚志西山，或遭胡塵之擾擾，或痛南牧之駸駸。其對身世之感懷，家國之眷念，一皆寓於詩，是以能動天地泣鬼神也。吾人生於今日，固屬一至亂之世，實亦一大時代也，視彼唐天寶之亂為尤烈。吾人歌哭之不暇，亦復何心於光景之流連。若徒托風月，範水模山，雖累萬篇，果何益哉！又曰：詩所以言志也，宜以吾手寫吾心，以吾言見吾志也。是故有高氣深懷者，可不假彫飾，而自成佳構。又曰：詩之最上乘者，必其人雄節邁倫，其詩乃可生氣遠出，而驚心動魄也。又其論作詩之法。則曰：必須文從字順。又曰：須言在耳目之內，乃可情寄八荒之表。又謂學而為詩，師傳必真，立志必高，讀書必多，用力必勤。四者不備，不可以為詩。凡諸所言。間或有采自前人之說者，非必盡出陳子一己之私意。然其論詩之旨，則深契吾心，毫無異詞矣。所謂同風者，其因素殆居於最主要者也。陳子又嘗曰：吾人必須先行全部接受前人之文學遺產，然後就一己之遭際，自抒性情懷抱，自闢蹊徑，而後可以自成面目。詩自《三百篇》、楚騷，以迄漢、魏、晉人之作。浩如煙海。又自唐、宋以還，逮及近代。作品之豐富，窮目力之所難遍。然於諸家之中，先擇唐之李、杜、韓；宋、金之蘇、黃、元，六家詩讀之。倘能擷其精華，棄其秕糠，則亦必有成也。晉以前且不具論，大抵詩之最精者，千古惟一陶公。至此以降，悉難自掩其瑕。陳子蓋已洞悉天下文章之利病，明察古今人之醇疵，故發為斯論，非存心厚誣他人，立異鳴高者比也。彼時摘杜詩之劣者，一一指其瑕。聞者多深以為然，是以古人亦未必盡善也，今之人宜善讀之也。又云：第一等詩，乃拙樸厚重大，及具有英烈之氣者乃是。謂陶詩拙樸，而英烈之氣特多。工部、遺山皆重大，而山谷可藥凡俗，東坡遂至於神妙云。以余觀陳子之詩，其少作風華矜鍊，始以義山為胎息，復就山谷、放翁而成其風骨。寖假於精壯之年，直入杜、韓之堂奧，逕摩龜堂、遺山之壁壘。中歲而後，則躡笠屐於東坡，而其神妙處，殆又往往有過之者。陳子中歲時詩，昔尹石公、葉元龍兩先生，在渝已許其高絕古今矣。再陳子之詩，雖亦出於其個人之學力，然能極其詣，實亦受諸天也。蓋稟間氣，抱慧根，故能以一陳子，而成億萬化身。欲為某則某，有不求其似而自似者；亦有遺其貌，居然得其神者。及夫耆年，則曩之億萬化身，又一旦合而為一，則亦一陳子耳。此時之詩，非杜非韓，非蘇非元，乃陳子之詩也。識者或以陳子晚年之詩，已一變而源出於《易》。余於《易》茫無所得，故不敢從而為之說。然陳子固精於《易》者也，方其年屆不惑，則已著《乾坤文言講疏》，都十餘萬言，梓而行於世矣。陳子嘗語余曰：《易》自唐以來，《易》之理遂失其本真，奮起而著茲篇。殆如獺髓鸞膠，既醫病頬，亦足以續千餘年之斷弦矣。余知夫《易》之文交互綜錯，《易》之象變動不居，而演化無窮。觀陳子之詩，時而風華，時而拙樸，時而重大，時而神妙，豈非變化無窮乎？抑其又鎔鑄經史，奴僕命騷。一若宇宙萬物，莫不供其驅遣；群經百籍，罔不入其洪鑪。風虎雲龍，皆一一聽其揮斥，亦可謂變化無方，宜其能驚心動魄也。陳子耆年以後之作，恆直攄懷抱，漸多用賦筆。其言曰：古之時，君主之權大威尊，故譏刺時政，詩用比興。屈子之美人香草，人所共喻。陶公之〈東籬〉〈南山〉，亦非盡隱約。若夫阮嗣宗之〈詠懷〉，陳子昂之〈感遇〉，則千載以下，解者無幾。今吾人何幸處於自由之天地，何必作其謎語類之詩耶？故比興之用，吾所不取云云，亦的論也。陳子之詩諸體粲然皆備，其五古蒼勁古樸，高視魏晉；七言古奇橫沈雄，直逼杜、韓；五七言律絕，皆數千首，美不勝收。又其深通格律，對拗體詩之拗句，於詩眼之佈置，平仄聲音之調整救援，獨得於心，世已失傳久矣。他如四言，亦深得周人遺風，多至數千首，特闢坦途，昭示來學，使不必棄古雅而從劣俗，用心良善也。又創為五言四韻詩，以八句為限，不講對仗平仄，但求音節自然，使來學易作，亦昌詩中之一大功德也。又其援經用事，信手拈來，不著痕迪，了無滯機。知出處者，固歎其運用神奇；昧來歷者，亦覺其表達佳妙。至於律中之屬對，則有極工整而又極靈活者，有極疏宕而又極神采者。九門八陣，變化莫測；萬馬千軍，飄忽無定。然皆一掃障礙，心手相應，終始如一。一篇之中，英烈之氣，且時時可見。其自謂等閒著筆便千鈞者，洵非虛語也。至其出諸嘻笑怒罵之作，亦輒成絕唱。此則陳詩之別開生面者，宜置之外集者也。陳子自丁巳（一九七七）生朝復吟，至戊午（一九七八），未匝歲而成詩逾二千首，既梓行。又自戊午冬至，至己未（一九七九）除夕，一週年，復得詩三千三百餘首。其吟興之高，創作力之驚人，非今之作者可及。雖求諸古人，亦無有也。若非氣魄雄偉，焉能恢恢乎騁八駿而遊於四極哉。良由陳子下帷數十年，歷覽千載書，所蓄既豐，遂如長河大江。秋水時至，乃澎湃而不可遏止，浩浩乎一瀉千里。又如天馬神龍，排空馭氣，一任其天矯騰踔，靡有所極，則又孰能羈勒之耶？今陳子將以戊、己兩年所得詩，梓為二集，屬序於余。因序吾二人遇合之迹，及凡有所契於心者，與關乎陳子治學論詩之所知所見，與余有相同者，雜書之以序其詩。吾知夫讀陳子之詩者，將必嘉其能鼓芳風而扇遊塵，以為可以觀，可以群，可以興也。庚申（一九八零）六月朔日。中山劉士瑩拜撰。

余序陳子之詩既竟，陳子旋以其高徒所著《陳子昂感遇詩箋》見貽。顯微闡幽，且併力為之平反，真伯玉千載知己矣。陳子近復語余，其辛（一九八一）、壬（一九八二）兩年，又共得詩一萬五千首。至今甲子（一九八四）十月，凡所得詩，竟增至二萬三千餘首。一日可得一百八十八首，殊堪驚絕。以此推之，明歲乙丑〔一九八五〕，將有三萬篇無疑。不徒質佳，其量亦過放翁遠甚。至哉極矣，此國之寶也。甲子十月既望補敘。

原載劉士瑩《璧照樓詩鈔》（香港：大同印務公司承印，二零零二年）

附錄二

自題修竹園詩前集摘句圖

前詩未是好工夫何事多成摘句圖舊夢前遊供想憶濁涇清渭任稱呼

片言居要足驚心矜鍊風華少日吟聊畀門生知故貌雙絲要妙本凡音

發論攄懷傾吐之杜陵不欲逞丰姿興觀羣怨詩三百範水模山未要奇

風人託興景情真大雅何曾刻畫新邱壑求高非上士感深家國有天民

吾友休卑中晚唐昌黎真氣玉谿香只今惟寫心中話那有閒情理舊枉

聖心豪氣兩難諧負鼎阿衡論味佳燮理陰陽須恰可老夫真想更無涯

附錄三　修竹園詩前雧摘句圖

諸弟子以拙作修竹園詩前集四冊祕不肯視人、雖云將整理付印、而究以何種方式版行、且未能定、何時得細觀耶、知須先以今歲近詩面世、切欲稍知前詩一二、求為摘句圖、坿於近詩之末、情不可卻矣、初欲倩李鴻烈弟就其意摘之、但手稿不能出門、又恐其未必克諧我心也、故於西曆元旦假期間自寫之、閱中過目三四十年影事、儼尋記省、如續舊遊、異時臥榻開編、又堪當前夢者、所擇但就己意、苟認經行、不較工拙淺深、遑計他人之是非哉、丁巳冬至後七日修竹園主人陳湛銓、

乍明鐙火矜初服、如此江山要一匡、容我摶雲九萬里、還身揮翰十三行「將自港如滇、諸朋好招飲市樓、賦此為別」中四、　己卯、時年二十四、此是前集之第二首、首篇是五言古、句句韻者、前此一年作、余存詩自二十三歲始、

多難登樓天遣恨、萬花圍客氣如潮「昆明大觀樓」五六、　己卯、

山鳥巡簷呼客起、胡塵無勢得詩狂「聞粵北大捷」五六、　己卯、

閑踪追認知何日，鄰叟忘情亦故哀。原注「左鄰李叟、八十獨居、余溯別招与共飲、竟痛哭失聲」着力移身疑
負重，此行除夢更難來。「別漵江」中四、　庚辰、

淨水有靈應洗髓，寒風如舊不關心。「春寒四首用曾蟄庵韻」一之五六、　辛巳、

屢從還夜尋前夢，便有良媒已後期。望斷緗簾慳半面，滴殘紅
蠟鑄相思。前題二之中四、

真有清時甘馬走，漫誇吾漢以龍興。「漢以龍興」用班書、寒來白鶴能知事，別
後青娥不到鐙。前題三之中四、

長從蠹簡收殘墨，那得天池肆壯遊。故園別來無短夢，此春行
後又荒郊。前題末章中四、時年二十六、晚春寓居坪石清洞作、先師詹无盦先生時与余比鄰而居、覽此四章、謂騷雅蘊藉處与蟄庵伯仲而氣力且勝也、

閉戶有時驚啄木，吞聲從此當還珠。「重有感」五六、　辛巳、時居坪石鐵嶺、中秋後作、

叢菊試花初過雨，迴腸沈恨不成潮。前題第二首五六、

人隨墜曉煙千點裏，句成秋雁一聲中。「武江濱晨起獨行」五六、　辛巳、時余兩兄在潑、余獨居坪石、

曲水吐雲隨殿盡，浮嵐篩雨落花洲。「漵江回憶圖為徐學瀾作」五六、　辛巳、

未遑閑技遨天笑只有鳴琴怨夕曛情極欲專雙岸樹夢回呵冷
一樓雲「江樓十月」中四、辛巳、視南先師覽此詩後、謂余已成詩、以後即不代斟酌一
字、惟有曲撰耳、緬想師恩、今猶淚落、余自知成詩尚待三年也、此詩起句云「十月霜風
劉水紋、寒江浮鴨尚為群」、結云「紅梅已又稀疏放、幾得魚魚報送君」、誌此全詩、表先師之過愛
年、時余詩已自晚唐入北宋、方專力於金華、但然猶未受玉谿子也、

沿江一路花爭樹過水長雲墮有聲詩趣儘教隨物引此專原不
為人明「江樓聞鶯」中四、壬午、時任教中山大學理學院、亟欲去之、時年二十七、

任是專無主何如人遠遊樓孫空抱影鶯老不來謀「殘春風雨甚厲、江樓索處、撫然有言」中四、壬午、

不歇雨抽筍將歸專弄妝叢花抱香宿流水競人忙「撥悶」中四、壬午、句皆就眼前景而意有所寄者、

動以閒花草兼之惜別離尋山先佇立倚竹又移時前題二之中四、

如何退飛燕仍值打頭潮風定雨還鬧月明花暫嬌前題三之中四、

天地無情肆風雨英雄失路以慘澹「春寒」五六、壬午、

懷寶天何愛尋幽意屢更稍聽人語響來貼水雲行「埤石冬至後七日作」起四、壬午、

与天延一脈乘間理羣書疑罕支懷抱寒風問起居前題二之中四、

雲水含天性風霜鍊我詩寒禽巢木末零羽墮江湄前題三之中四、陳寂園在水牛灣聞此三篇擊、翌日踵門過訪、從此交契、

螢蚓書燈愁出入清霜漁火對沈浮「業餘招飲夜歸」三四。壬午。

尋常念往啼秋水萬一歸來已路人錦被鴛鴦惟飲淚冰蠶心緒不瞞春「感事」中四。壬午。

一風不定鳥沈響盡日酣眠春未還有負素心如此水綠移春眼向他山「坪石歲闌」中四。壬午。

月向人明空曳白詩先花放亦傷讒 前題二之五六。

近水思魚終懶慢瞞愁鼓腹費吹噓江湖有笠貧非病店舍無煙歲且除 前題四之中四。

破夢驚天看洩雨冷雲於我若為懷睡餘對景混生幻客裏無花便不佳 前題六之中四。

持執靈犀盡辟塵忽驚胸抱靚於銀六年避地知何世一旦將愁貴與春「初旦」起四。 癸未。時年二十八

二月草光舒地氣一樓春畫似明時「江樓二月」三四。 癸未。

江樓俯景有生氣小子与春同一家 前題三四。吳宰旨先生過訪江樓謂是不凡之作也。
水澄山明綠玉潤花騷鳥擾春、春深 「次韻絮餘見贈」三四。 癸未。
春來燕雁相從去貧賤交親欲見難 「傷春」三四。 癸未。

戎潮兵氣先秋去平世人才挾策吟獨養詩心逐霜月亂鳴風葉
散秋陰 「遣懷」中四。 癸未。

直難筆力開天地上有寒雲自卷舒呼侶思為擊鐘飲驚心原是
避兵餘 前題中四。

星欲長明較肝膽道雖全枉不江湖要能一念千憂了豈必高城
匹馬趨 前題末章中四。

心動天風常愁往袖攜花葉閉門書三年刻楮思論價幾日臨流
未放魚 「繁星」中四。 癸未。 以上坪石時作。

繁霜作勢兵用壯無客開門風与開 「羈愁」三四。 癸未。時在貴陽任教大夏大學文學院

得句思能萬人敵放情渾擬隻鳧鷖從吾遊者今異縣何以報之

詩七言「寒夜得詩，有懷陳寂園、區罧餘坪石」中四。　癸未。

小大兒中今幾見，短長更裏耳雙聾「歲闌雜詩，依平水韻得三十律」。癸未。時居貴陽雲崖路。每首但舉兩句耳。東韻三四。

冷暖未應桃李笑，才華豈須妻子容　冬韻三四。原注「索句不穩，頗為山妻所笑」。顏氏家訓文章篇「才華不為妻子所容，何況行路」。

儒不誤身思過半，月如臨水捉來雙　江韻三四。

拔毛吹劍無多技，琢腎究盤又一時　支韻三四。

壓歲重寒工自用，入經羣蠹不能肥　微韻五六。

何處更尋天下士，有時倒讀壁中書　魚韻五六。

深情清為照顏色，秘尋詩脈費工夫　虞韻三四。

歸路羊牛各高下，怒流兵馬逆東西　齊韻三四。詩王風「日之夕矣，羊牛下來」。見山田乃知其工。吾粵皆水田，向未之悟也。

亂鳴風木烏飛卻，再換柳條春要佳　佳韻五六。

伊我襄人四天立，一寒如此十年來　灰韻三四。

自我生來天雨血，一情不屬鏡承塵　真韻五六。

暑往寒來嘗好夢，風吹雨打鍊吾文　文韻五六

襄舊函近狂猶作客把愁危坐欲生根 元韻五六、
人前掉臂誰識者靜裏把詩花樣看 寒韻三四、
待日喪時持作餅把愁傾盡即成山 刪韻三四、
莫憑少日裁雲手去鑄人間使鬼錢 先韻五六、
吾輩登高能作賦星河屋上欲翻潮 蕭韻三四、
病手燒香艱作篆寒禽因樹不成巢 肴韻五六、
見戴去時思地道自揚歸後欲誰逃 豪韻三四、
敗草飲霜日不出寒雲度樓風更多 歌韻三四、
一為思鄉惱乾鵲幾曾舒氣似蝦蟆 麻韻五六、
折榮但感經時別使酒難回向日狂 陽韻五六、
窗前冊葉風檢讀戶外客心江樣橫 庚韻三四、
日月運天疑失路膽肝懸腹的如星 青韻三四、
及門車馬還馳去是處樓臺莫更登 蒸韻五六、

多情山月還留眼如我文章欲碎琴 侵韻三四、

前漢水聲月未上側道霜多花自含 覃韻三四、

士思沈陸胸原隘頭不剔愁角柱尖 鹽韻五六、

与筆硯盟歸永好仍天地會有餘饞 咸韻五六、

七日相逢春好在一錢不值我猶詩 「甲申人日」三四、 時猶含貴陽年二十九、

埋光鏟采思齊物換水移花悟養生 「春日即事」五六 甲申、

与人為可否無日不沈吟 「居閑」三四、 甲申、

眼回花軟飽春爛柳交加 前題三四、 甲申、

稍喜逢公回語笑忽然行已欲昂藏 「夜過尹石公談詩甚歡」三四、 甲申、

一時好為花間集二月春風陌上歌掉臂看花無態度離懷入酒

起風波 「郊行」中四、 甲申、

鐙前詩任春蛾撲夢裏人如錦瑟哀 「西閣」三四、 甲申、

西來待我東方騎三月猶霜四面風 「薄遊」三四 甲申、

有鳥一行分水氣，側身雙樹數歸鴻　前題三四

何道不為眾女嫉，塞門知見千年青　「重寄寂園坪石」三四　甲申

人前一默常成慟，腹裏千詩欲化兵　「无盦師壹錫二詩見懷，因報坪石」五六　甲申
无盦先師詹安泰祝南先生嘉號也。

勝日鶯花猶世故，隨時憂樂亦人情　「次韻劉衡戡坪石寄懷之什」三四　甲申

袖來貝葉題又再，鄉本佳人今豈多　前題三四

新來塵肺猶堪酒，稍覺蓬頭已可梳。寶劍奇書須世用，明堂懸即看誰除　「答子苑先生坪石」中四　甲申

萬葵開扇容遮面，一室闌香獨向隅。士不逢時工用怨，花真變醜定非愚　前題中四

人遠方腰難入夢，日長花氣欲成潮　「館裏」三四　甲申

能識九千餘字否（时余在大夏從許學），了知二十七年非　前題三四　时未到生朝，故云二十七年。

徽陽初闇翠湖雨，乳燕學飛紅杏天。為樂最宜酣醉後，修身卓立貞松前　「酒人」中四　甲申。时余於醫事台二瓶，好為異體。此詩起云「酒人棄狂踏野煙，左右春物看驕然」，結云「歸途恍惚風可御，不許牛羊行我先」。

後苑雨餘花孕子小楊春是燕將雛閒情頗似陶彭澤只欠門前柳
五株「遣興」後四。　甲申。
從古雅言關性分盡君能事是師承「寄題陳寂園魚尾集」三四。　甲申。
別有高懷人不識獨張奇局老猶能寂園長余十六七年者也。持余壓劫未壞句寄汝
食貧行腳傳　前題中四。
鳥銜山氣飛難戾世有眠龍起欲遲萬里江湖誰打槳十分風月待
論詩「得黎餘書詩以代簡」中四。　甲申。
難辨陳劉林上下欲同兄弟屋東西吾逢出晝嘗三宿吾不欲在中山大學任教於理學院也聲
有餘明欲再題「失題」中四。　甲申。
蟄動豈堪長屈厄老天終為發雷霆　前題五六。時在晚春。
聞者不辨東西路使我真成左右難「偶源」三四。　甲申。
花邊蹤跡無誰共眼底江山與畫去聲來「山亭晚眺」三四。　甲申貴陽陽明山河濱堂附近山水佳絕，殊不減花溪也。
簡編索落愁將眼夜半無人自放歌身未填溝惟賴此書雖窮我可

如何「夜讀書感」起四　甲申

天遣吾家還有別士今衰土更逃讒「念祖自馬角北返坪石追和余寄袁寂園之作兼報近況感其念余懷以此示之」三四　甲申

一樓佔盡千家月萬態平沉十數年「憑欄」三四　甲申

十年歌詠過千章二十三歲以前之作已於三十歲初定稿時刪去視此微同却病方坐老花時專寂靜時猶在晚亦也倒追前事夢顛狂「檢閱近詩感賦二章」起四　甲申

浪負才名沈盈之多思蟬蛻陸天隨為詩要來佳人道此了真如無米炊　前題起四

闌飄三月雨風入一溪雲認主燕投關忍寒衣未熏「樓望」中四　甲申

暫忘生了苦微有古人風竹影蔭眠鷺松雲傍過鴻「江行」中四　甲申

驕兒清唱月光光驚我身今在夜郎難入花心觀色相欲尋鍼孔妙潛藏「月夜即事」起四　甲申

十上書成秦逐客西來人見魯靈光教浸何地辭山簡難得周公支夜郎「贈鍾山先生為題拙詩集報一章」中四　甲申

雀啄花心碎山含日脚長攤書殊有味過眼又全忘「野塘獨坐」中四 甲申
人千里坐鬱深致多一林喧生晚寒氣度正思全拔俗交親猶許不
居官「河干」中四 甲申
冶春勝日珊瑚熟繫馬垂楊鸚鵡呼朱户春陰花撲落畫屏鐙淺
影模糊「永懷」中四 甲申
處在花陰推世變精從方外看人情「初夏雜詩」五六 甲申
天雨入松生遠籟水流成字寫沈哀 前題三四
何日江山三箭定有人風雨一檣憑 前題五六
与古為徒癡正絕抱愁行路汝寧前「失題」三四 甲申
月明如晝心炳炳人欲燒殘書層層三年刻楮有桐葉一室觀身無
盡鐙「手居感興」中四 甲申
狂夫少賤好馳馬在滇时尤甚 呼喝常令天地春今日歸儒遠于役此心非果
亦生仁 前題中四

浮世功名憑袖拂，當時文字以升量。行身道阻日月邁，潑眼人來鐙燭光。「重會葉元龍先生貴陽」中四、 甲申。

南山白石飯牛居，曾枉山公過我廬。前日杯觴猶歷列，中年哀樂有棄除。誰知豚背彫肝手，能著濟時經國書。前題前六、 葉公時年四十七，是經濟學家，嘗長國立重慶大學，時任監察委員。 此詩未示。

「宜與陳登抗顏坐，長安索米語其虛」，蓋余詩有長安索米之句。

習性原龍種，生天墮劫灰。斗回殘夜夢，疑是再生來。「晨坐」起四、 甲申。

大年長我今以倍，小子學詩初可畢。漱取石攻孫楚蠱，難於山撼岳家軍。「簡尹石公惠水」中四、 甲申。石公時年五十八，病盛。

斂縱橫氣欲禮佛，聞左右隣時擊鐘。塵上易教西子織，夢中倘有南威容。「夏夜對月」中四、 甲申。

漸成牛馬供兒女，猶奮文章博斗升。十日不詩聲頓變，萬錢謀酒醉難棄。「次女生後十日作」中四、 甲申。

七字律成心忐忑，半山雲擁月婆娑。稚兒伴讀如鸚鵡，逐客彰身有芰荷。「雜詠」中四、 甲申，時已寓居大夏大學校園中。

儒難為計將安適夢得還家覺算真「遣愁」三四、 甲申、
舉目不知天遠近行身寧問路東西 前題三四、
未謀金印思工篆絕惜紅衣學種蓮大浸欲稽天以上平生所好
事全偏 前題中四、
寫盡窮愁詩欲續閑張身手力能軍機當時日還飄雨風過深山
不放雲 前題中四、
萬里江湖歸短夢五更燈火讀殘書「夜起讀書」三四、 甲申、
胸中水鏡千塵掩壁上吳鉤盡日閑慣世惟狂寧得所知音不賞待
還山「南明河清畫」起四、 甲申、
生事繫於天未雨會心惟有鏡中吾略無貞石支奇骨聊向殘經署
獨夫「雜詠」中四、 甲申、
星辰隔層霧胸抱鬱千花層慣亂蝨剩誰來饕處爬「夜坐」中四、 甲申、
幾尋江樹親香茗漸覺離魂向落潮一月曬人詩夢警數花臨水

石闌嬌「水亭苦熱」中四　甲申

天半風雷破殘寐眼前燈燭對搖頭「讀倦假寐」五六　甲申

良夜不風花穩睡曲闌憑我月來謀十年左癖多為累萬里高城易得秋「幽人」中四　甲申

天門風定為龍伏塵世侯封出狗偷「徵行」五六　甲申三四云「頗駕殘陽促西落每臨寒水欲南浮」

寧妨生事迫卿与故人知江水綠於染夕陽紅幾時「偶成」中四　甲申

自覺詩情好持与明君看獨行如往日一例冒奇寒「前題」中四

高風擬歎寒蟬入薄被難安猜虎眠「午睡不着率成長句」中四　甲申

花心抱影知難並犢鼻當行亦願同落月滿山千里眼斷雲橫雁一樓風「秋心」中四　甲申

往往逢秋筆力添善持金劍長威嚴數奇亦可王侯傲道勝無妨歲月淹「前題」起四

萬事只堪雙白眼九秋猶放數聲雷「奇愁」五六　甲申

倚札納囊無贖字簾風驚夢不成春「曼詞」三四　甲申

今夕無風多山月，落星如雨放寒芒。投荒閒却簪花手，就枕何來養睡方。「夜晴，月好，寒殊未退，南窗攤卷，遂爾忘睡，次夜之作」中四 甲申

吾詩知欠平和氣，此意難為爾汝言。實鵲爭枝穿暗綠，秋山酣睡夢黃昏。「貴陽晚秋雜詩」中四 甲申

盡篋恆無十金產，長留陰閒九秋天。為言歲月真富仕，無奈頭顱不肎圓。前題中四

時日深期羿來射，強圖寧許汝居安。金堪擲地終埋沒，人豈迴天況老殘。「海藏樓詩十三卷本初面世，石公好之，書友好自滬得原書郵遞多十餘函寄貴陽，袁氏視余，因題其後」中四

是人讀竟五萬卷，其意欲無三百年。天之於民怪多取，我亦如公窮可憐。「夜讀伏敔堂詩，因效其體」中四 甲申

塵事都如秋後雨，道心新入醉中禪。「愁雨衆足，閉戶酣吟」三四 甲申

重交廣易天彌遠，三十成文計恐非。雨腳朋從鄉兀傲，道心鍾破見洸微。「雨中憶尹石公撰詩」中四 甲申

靜室微聞兵氣近，危途新傳雨聲粗 「悲邊」三四、甲申、

八面風霜驕朔氣，五更燈火放寒芒 「西北行雜詩」三四、甲申、以下避兵離貴陽至赤水作、歲將闌矣、時夜大雪、急遽整裝、凌晨起行

亂岫拂雲天頓盡，雪花披樹鳥夷猶。牛欄擁被難成夢，石虎橫江欲噬舟 前題中四、自貴陽入赤水、時時步行、山道絕險、凡二十餘日始達、嘗夜睡牛欄旁、以禾槁席地而臥、又自二郎灘至猿猴鄉、舟行驚險萬狀、下灘船搖一七十老翁掌舵、舟之兩旁距石峽僅寸許耳

十年浪負縱橫氣，千里爬行上下山 前題三四、自楓香壩至茅台山上下陂陀、俯仰千丈、稍一蹉跌、碎骨粉身、有時須側身抱石而過、山中險窄之徑也、

逼仄為生虛日月，沈酣留夢入功名。十年多負六親望，萬籟同歸滴淚聲 「課詩」中四、甲申、

窮山有我應生色，闌市行身不入時 「入市」三四、甲申、

此地無好景，行人猶苦吟。獨煨冬筍尾，來養歲寒心 「煨筍」中四、甲申、

赤水寒凝碧，晴嵐夜向冥。月痕霜外白，漁火荻邊青 「江頭夜坐」起四、甲申

事往流光須倒駛，今非來者更難知。同雲作雪天將淚，疎竹驚風鳥護兒 「連日苦寒、無所事事、但至茶社與諸生對棋、無盡日不嘗輸、狂顛甚矣」中四、甲申、此詩起云「山寨日日呼茶坐，無奈諸生與對棋」，末五一作「沈偶儒頑惧甚，家斯有未竟忘炊」

盛氣難支長夜餓，詩心忽放去年花。別來歲月人誰在，書到窮愁字

亦鉡「更夜」中四　甲申　到赤水後，余詩字皆鉡斯，誠奇矣。

夜半沉吟自唱酬霜林月白水明樓情知米價新多變猷聽山妻說不休意懶拋書思夢寐春來容我送窮愁「遣興」前六　甲申

遠水騰波欲起龍愁時已極淨無從危心仗筆憑支夜燈草舒花与忍冬「臘月除夜作」起四　甲申，时每夜只用桐油燈盞耳。

一室空無歷年物重寒來搶讀書燈焰時奇字真何必此手應須殺賊膽「比來翻閱舊詩甚力，食寐俱忘，鏡裏須霜，大变從时面目，夜寒心違，漫成一律」後四。　甲申

是歲有「赤水除夕書懷八十韻」，年初將詩稿交市肆訂裝，蜀人李彥師儒賢讀之，饋米一石，蓋內有「昨夜讀書不及睡，擬飲殘墨酥枯腸，坐聞右鄰饑饌響，披襟愧送高粱香，我豈但無歷歲慚，尚待計取明朝糧」之實錄也。又此詩末幅有云「文章刀尺各擅勝，詩我夫婦雙賢良」，孫元曾文閱之謂為信然。

酒惟亂性斯堪用情一棄胸直到今孕子江蓮供玉盒不官奇士以書淫「江堂」中四　乙酉，时年三十。

大江橫眼非虛席冷客看天欲致辭有不用情如此水久難甘味況深危「來渝越旬，無所事事，信步中央公園，就樹茗石坐桌，憮然有言」中四。　乙酉。

詩雖可慶終何忍人到能狂有足多未許少年心便改奈餘行腳背
傲駝「閒日又作」中四。乙酉。

當路雨雪工反覆胡望君噓吸中寒溫「酒後贈余少颿」五六。乙酉。假期返重慶時作。少颿時任職銓敘部

八年飲淚成癡血一藥安心作好詩肯復逢人獻窮狀預先開抱趁
佳期「越二日抵赤水後成八首」中四。乙酉。前二月在合江旅舍中半夜聞爆竹聲知日寇已降急成一律。至此復快意作八首。

同人所樂秋多麗對客揮毫我亦能急與褰衣辦豐饍亂敲盤盞
祝中興 二之中四

游心遠道入無邊儘覺長懷可汎船已忍奇窮十年足欲陳佳句
萬人前 三之起四。

自慚於國無多益不覺貪天積富羞爾日還家身好在吾鄉有道
富應求 四之中四。

定返南天管風雅盡招群友剖心肝花間掉臂長相識意氣充身
士不寒 五之中四。

八年從徒入窮冥世路崎嶇已慣經爾足立殘楊柳影餘生真乞
美人靈 六之起四、

五億人看天落日二三子聽我微言多行不義必自斃何莫學詩
來此門 七之中四、

冷門通容因人熱破桌殘書擁鼻香放步衡風殊穩重有才如此
豈尋常 八之中四、

劫火全殲處輝蟲心光新鍊不祥金「簡何曼叔重慶」五六 乙酉、

世路豈應窮此士行間猶在放寒芒起人慶疾須好手探我背囊
多驗方「晴窗拭眼、檢校舊稿快然成詠」中四 乙酉、

修竹便成穿月箭心鐘時教撼秋聲十年燈火烹詩熟萬里江山
照眼明 前題中四、

老樹藉風生氣勢閑鷗隨分總沉浮居身木石多年所結契童孩
忘輩流 「鼓興」中四、 乙酉、

裊虹穿海眼，詩筆挾秋風。食字疑能飽，逢人欲諱窮。「行身」中四。　乙酉。

一燈望久花無數，萬事重論夜向明。破屋豈能无闆遮，老雞猶作不平鳴。「夜讀關雎」中四。　乙酉。

道之云遠思何及，夢縱難憑有亦佳。望裏秋星都是淚，水心寒月不宜懷。「失題」中四。　乙酉。

藏胸水鏡無留影，撲面癡蛾解戀人。不是文章變出仄，小生廊廟已呈身。「南窗睡起，天月並明，意動得句」後四。　乙酉。

繭足關河忘歲月，夢為魚鳥亦風塵。「夜坐」五六。　乙酉。

江湖濯足龍猶睡，糟粕填胸意豈酣。入世失時殊未出，北風吹夢不能南。「吹夢」中四。　乙酉。

爬梳蓬鬢思經緯，剪拂燈花補畫圖。久擬溫柔化剛愎，南隨猶此在江湖。「雜詠」後四。　乙酉。

江風吹水月，人影拂林燈。夜色好如許，歸心淒欲凝。「離恨」中四。　乙酉。

心隨江浪趁秋入亂山深「中秋前夕將欲往瀘，維舟不發作」三四。 丙戌，時年三十一。

獨流收腳仍三顧，小處藏身卻百忙「與[illegible]問穆夜談，且五鼓，不復能寐」五六。 丙戌，時向大夏請假，半年留渝中某校兼任秘書長、訓導長，急切間不能去。

應響來禽已知處，去弦鳴鏑更難留。名儒自有千秋業，古調孤彈慎莫收「將歸粵，與穆翁濟波夜話南溫泉，賦此為別」後四。 穆翁挽余在渠所辦草堂國專任教詩學，奈歸意已決何。 丙戌。

秋士豈甘千里別，溫泉無補一心寒。戀林冷月驚風急，刻意新詩落字難 前題中四

癡聾閱世寧非幸（穆翁已聾），巖岳堆胸自不平。人事略隨秋剝落，士心終似石堅貞 前題中四。

寒雀喧林歌別調，鐙船行水佈危棋「重慶朝天門夜泊」五六。 丙戌。

冬心霜月裏，時論水聲中。情急多憐物，林寒更起風「灃江夜宿」中四 丙戌。

江湖流斷夢，胸抱入寒潮。注腳星全動，闌霜氣益驕 前題中四。

舟銜狂浪無窮疊，心入寒雲最上層。迫岸人家收鴨隊，夾江林影閃風燈「自洞庭湖舟中作」中四。 自宜昌入洞庭時，前此波濤洶湧，無有涯涘，將近長沙時，則縈迴於沙洲間，始知屈子「嫋嫋兮秋風，洞庭波兮木葉下」之工。 丙戌。

一往嘉賢終此滅平生風力更誰知鬱心季霧資香吐刻骨悲酸
自歲時「次韻元盦師賦贈二律」中四。丙戌。以下回粵作。

入神精義誰真探譁世狂名只浪傳捫額暗驚生卦象舉身寧不
重山川 前題中四。

山氣徒傾三面秀天風吹散十年狂「越秀山重游，偕伍宗法」三四。丙戌。

膽瓶水暖挼花活起我年時已墜心角枕鐙明香夢警月樓天遠
晚星沉「香夢」起四。丙戌。

塞鼻知香清斯妙，謂人勝天吾不從「寂園兄夜招飲，談次多及詩詞，賦此自解。並酬其見贈之作」五六。丙戌。

千日畫雲開眼盡萬流歸海放懷來已拋金彈忘機了可笑驚禽
側目猜「連日談詩，微有倦意，賦視寂園」中四。丙戌。

暗室養明眼新花輝舊枝清言思鄭重淺處見雄奇「歸舍」中四。丙戌。

風前拋淚盡花外著身佳「止足」三四。丙戌。

紅梅惡性心頭火白酒微妍眼角春花市喧年聊入足佳人從古不

同塵「除夜過花市」中四。丙戌。

時論是非隨爆竹情春風韻在童孩高天厚地蓄奇氣白酒黃柑生好懷「元日陰雨，懶不出門，酣睡過午，起坐成句」中四。丁亥。時年三十二。

丈夫豈作娉婷態眸子難留過往人當路衣冠多出色入時雞犬亦工顰「雨歇獨行」中四。丁亥。

此雨分明陰有助令人那謂世無龍欲呼天乙神雷起大破侯門春夢濃「初四夜大雨」中四。丁亥。

昂頭未許簪花得袖手真疑抱夢行「香江探舊不遇」三四。丁亥。

一世風埃遮好眼十年歌哭豈前期「乡思」五六。丁亥。

花光射眼燈為怯冷客傷春酒易醒刻意逢尋愁日樂餘生還乞美人靈「初春風雨，西園雅集，同元盦師作」中四。丁亥。

神駒負軛可千鈞肩把雙肩借与人萬事不關仍欲論一身須懶豈無因 前題起四。

佳人可惜雖同世，俠骨何妨稍不文。欲築肝腸成壁壘，奮揮文字戰風雲。「寓樓即事」中四、丁亥、

明水觀身塵自賞，瓶花孕子那能肥。「某夕睡起」三四、丁亥、

近來異氣看終滅，漸老情喜更儆寒。鬧市行身疑墜涸，羣書上口只吞酸。「上海寒窯」中四、丁亥時由廣州至滬，仍任教大夏大學，居梵王渡該校校園中。

誤覺清狂勝柔媚，不辭奔撲當飛騰。藏胸書卷多何益，入夢佳人冷似冰。「月來潛廬守默，諷貓自娛，有東方生朝隱之概，而人世益亂，所事益非，坐對明燈，不能無歎」中四、丁亥、時除授課外，非讀書則靜坐。

此身莫測輕還重，往事冥尋辣更酸。「殘夜」五六、丁亥、

長風生籟時方鬧，尺水潛蛟計已疏。「得葉元龍自蕪湖來書，却寄」三四、丁亥、

濁水未澄休索月，饑鴟難飽欲謀人。「小民」五六、丁亥

習氣尖教身屢礙，靈泉難洗眼雙明。斷橋語影行偕隱，密柳無鶯空用情。敢局終誰推巨手，天心似負一人生。「平居不樂，憂患曾甚，遂有歸心」後六、丁亥、

十年苦味摧長喙，萬古沈冤塞大江。短筆淒涼將贊菌，異人風雨出

無憧「雨夜」中四、丁亥、

入句除腥餘何味積水無聲久忍哀發義激昂生有自取人卿相恐
非才「彌月不舉酒、王克生忽復招飲、不覺放狂、歸作此篇」中四、丁亥、

壯懷頗覺潮來往吾道其如月晦明「坐夜」三四、丁亥、

一鷹怒起風吹墜舉世同沈我忍浮煮茗作膏疑可藥築書成壘
与遮羞「凝佇」中四、丁亥、

囷魚吹沫頻舒歎老樹空中已換胎此間溪溝羣魚、每日將夕多浮嘴水面、樹老皆空中、物論只堪傻塞
耳蟄龍應想一聞雷「寶劍」中四、丁亥、

竟至長飢坐夜寒可憐鐙我默相看李書如佛靈何在進國於夷
世共安「竟至」起四、丁亥、

苦心樓石月危淚落溪星與氣多添壯勞歌漸欲停無人資短策深
夜鎖殘經「偃仰」後六、丁亥、

別無神趣消遙夜強作風情夢往年曲學路難資世用論才猶可奪

詩權「酣歌助感、持旦如歲、強自解慰、勉成二律」中四、 丁亥、
蛙鼓風琴愁裏曲燈圍星網眼中宵尋常淺夢能添淚咫尺清溪欲
起潮 前題中四、
坐困行疲俱不耐天高地廣欲何求怡衣未免譁時俗真氣知堪鬥
勁秋「遣懷」中四、 丁亥、
世懸巧手金針末身在閑溪浴鴨邊萬態低昂供感悟百年舒卷足
回旋「雜言」中四、 丁亥、
驚禽還測我飄柳欲叉魚靜賞塵中趣全忘腹裏書弘羊休自喜
天算有乘除「擬行」後六、 丁亥、
魚吞星作飯夢向月謀家萬事堪涕唾一心攢鏌鋣「夜永」中四、 丁亥、
時危雙淚熱風割眾星殘「過雨生寒、月晴星隱、寓樓夜課、念亂傷時、強成短句、言無詮次矣」三四、 丁亥、
奇文妨妙月盛氣欲衝寒 前題三四、
焚香深氣息堅坐到平明語燕空勞問禪心戒用情閑門風滿室抱

滕謝蒼生「書感」後六　丁亥，時在上海，見天下事已無可為，初事禪定，已能堅坐，從茲以往，將以學術終老矣。

脂車載美思戍病漆室希光夜似年撩恨江山終枉眼展才文字豈非天「佳人」中四。丁亥。題出次句，亦猶陶公之賦閑情爾。

柳根溪漲魚遷宅簾外風高鳥失聲辯士著書終寡要小生罵世足風情「感事」起四。丁亥。

謀遠福闕學世衰行道難愚儺呈眼底生殺起憂端「述懷」起四。丁亥。

堅石矜奇骨清波有墜塵情高難取友詩好拙謀身　前題中四。

可憐乾鵲時欺我久似寒蛛若待蠅水墨濃愁箋上字風簾敲影夜深燈年年刻厲安為命此意天公察未曾「苦懷」後六。丁亥。回穗時作。

漫指終南嚮捷徑（古以隱逸為仕宦捷徑，今之大學教授似之。）欲尋有北試霜刃山中貞白謀難定牀上元龍氣自豪「感興」中四。丁亥。

日逐野塵非面目天留吾手罵江山「同元龕師登六榕寺塔最高處」五六。丁亥。

深坐不為塵內想百憂還枉夢中生「靜慮」三四。丁亥。

一人袖手寸無賴萬葉啼秋夢裏驚「孚空」五六 丁亥

人禽嬉戲通工變爾汝勞叨未是才真氣漸凝疑可佛積陰彌爲欲騰雷「守默」中四 丁亥

掩口羅談平世路制心優作在家禪振奇自惜多傷性退密時還一仰天「還寓東山弥覺恬退閑卧成此」中四 丁亥

何慚國士身今退未犯霜風氣已秋裏壁自沈寧不惜將心誅滅那無愁「棘枳」中四 丁亥

遮眼世紛成鬼趣堆胸王路作師儒情閑易可生禪慧機熟何須數念珠「師儒」中四 丁亥

檻縫著蝸居簾穩採心呼影此爲誰瓶花忍凍開難媚霜月驚風行故遲「丁亥歲闌答寂園绍湖見贈之作」中四 丁亥

鐙花未障枯禪眼物論何如蠹鼠聲十指無鋒摩賊迫九州全墨一心明「自我入禪不復注意於文久矣寓樓閑寂心氣交平人生無常物論何極明燈忽滅坐以待旦」 戊子時年三十三

魚鳥親人仍有屬江湖飄夢去何之「荔枝灣重遊偕諸生」三四 戊子

英物坐妨驚俗眼雅懷真擬納江流 前題 三四

獨醒恐惹千憂起狂態何妨百輩看且以文章輝草木並招風雨助

波瀾「香港仔太白仙舫宴張子春先生諸君子要余作詩」中四 戊子 時偶來港

天無顏色春安託手執花枝意竟慵推月不招閑夜夢騰身猶是故

時龍「聞鐘」中四 戊子

一紙怨詩情悔熱十年秋被夢休回心光徹照無餘物世味深嘗有此

杯掃破澄清如未可蒼蒼不合放吾來「秋夜對茗」後六 戊子

語重耳根盤大岳夢深心水茁靈花「此姐」三四 戊子

明珠水玉了無塵癡小因依最可親百樂匯為心上語萬花齊怯

眼中人「林園已春與靜君深談」起四 己丑 時年三十四

對客無言意苦多氣靈今只向彌陀詩終是鬱休饒舌夜已難晨負

枕戈罵世可容成絕響忍窮留不曰如何「對客」起六 己丑 自此起是逃難來港以後詩矣 到港時是六月八日此詩是

偕曾希穎過周懷璋醫生家印唐之作無人賞音也結句云「好收雲鋼氣澄深抱輕點霜毫寫艷歌」

跨腳恐傷千穴蟻，昂頭疑觸萬重雲。天門咫尺寧無鑰，石陣縱橫欲建軍。「絜餘筆招余同靜君登太平山絕頂作」中四　己丑

背人私賞杯中我，無意重觀天下書。驟雨打頭驚棒喝，袖刀臨海豈龍屠。「出定」中四　此詩寄廣州後，聞傳誦。翌年佟紹弼來港，當面稱之。

驊騮須少壯，風浪警沈酣。理得言欲寡，才橫閑不甘。堂堂天鏡在，一為發深慚。「己丑生朝」後六　己丑　此詩起云「日月無停軌，今朝三十三」，蓋足齡也。時何曼叔來港，謂已許久不見此種好詩矣。

冷客同塵師世故，驚濤譁枕鼓詩風。亢龍有悔終神物，猛虎從渠說大蟲。「海樓夜寐」中四　己丑　時寓西營盤海旁先兄湛桑處，曾希穎已常相往來矣。

覆國人材猶聚訟，經天河漢亦橫流。騰騰兵氣通光怪，密密心謀且罷休。「夜臥鎖凝，詩以自解」中四　己丑

臨淵直擬量深把，合眼何須有九州。追夢裏去休失足，論天下事欲從頭。「遣衷」中四　己丑

玉顏不字身將老，月地難妍夜向晨。枕上如聞慈母歎，世間安見有情春。「怨詩」中四　己丑

驚風戕物移根在，敗榻安禪萬慮煎。秋故不情仍結想，夢今多警勝

無眠「感秋」中四、 乙丑

讒口交關情鬼詰 寒窩堅坐得心齋 金針準給名姝巧 鼠輩焉知曠士懷 「寄答伍宗法廣州」中四、 乙丑

乾坤不壞生吾輩 風雨同歌有此辰「送李霖李發赴美深造」三四、 庚寅時年三十五

一月依微還照影 萬頭騷動欲逢才「渡海接課宵飲未謀對月成詠」三四、 庚寅

識字已多真鬼擊 及身揮去豫秦焚「為李鳳坡題王青石藏書記手卷」五六、 庚寅

古往今來歸一枕 月沉鐙在待明朝「夜起」五六、 庚寅

莫教懸璧挃離撞 未信圓顱盡是人 獨醉自憐書甲子 一竿時欲釣乾坤「海旁獨行」中四、 庚寅、 乾坤下原注云「借一韻」 此詩起云「難起夜齋共海濱 側身天地定誰親」結云「長風高浪先天在 滿眼旌旗那見秦」

胸中冰炭殊恩怨 度外風波一死生 究總中丞喝南八 亟須孤島起田橫「送別佟紹弼」中四、 庚寅

刻意椒梅適味外 美人心眼在雲端 憶悲可恨忘無計 生若誰知死亦難「書感」中四、 庚寅

藏愁入骨初知味合眼看花更覺妍鳳醉鸞酣迴別夢月明星爛好
誰天「尋覓」中四、庚寅
門外更無羅雀地世間還見沐猴冠文章正脈看將斷風雨危絃苦
自彈「渾閑」中四、庚寅
錦瑟朱絃誰續斷秋風神馬欲無前「演易感興」五六、辛卯時年三十六、
噓氣待成天下雨留鐙明照夢中人三年竟閱無窮世一室閒回自
在春「失題」中四、辛卯
萬古人天終有隔細看鷗我各如何「往事」五六、辛卯
短石豈知心上味殘書好放定中香「昨夜」五六、辛卯
寒寫花影如是住洛月滿窗何處今鄰嚶傾聽知有漢隋珠拼擲
更無禽「至夜」中四、辛卯
秦衰曷不歌袍澤新莽徒知辨鳥蟲結影周盟情自篤頂天踏往
路殊通明妃嫁與胡兒了聽得琵琶耳欲聾「感事」後六、辛卯

可憐斷虹成甘餌準化寒蛛吐苦絲犬吠不知春到未酒醒無奈夜
闌时小生那解歌桃葉此調煩吾問獻之「酒醒」後六　辛卯
明星朗月成今古孕地高天獨往來神劍固應屠鬼魅瓊花何以異
蒿萊「夜起獨行」中四　辛卯
裝綵端倚渾無賴換水瓶花也不開有眼但看天日在是人寧為斗
升來「歲除」中四　辛卯
難得情春浩蕩歸此來須汝處重闈山河夢夢從生滅爆竹聲聲
有是非　「壬辰試筆」起四　壬辰時年三十七
風柔如水人間渡天闊無雲日正中春色也應輸酒面佛身何必是
貞童「渡海探春」中四　壬辰
敗壁疏籬容敵劫疾風狂雨欲危春「孤館」三四　壬辰
吻古懷情遠幽棲見道真沉冥非溺酒英霸自難臣殘夜人間世
驚波夢裏身「待曉」前六　壬辰

文辭有枝葉，風雨助波瀾。未傳名增重，徒知性所安。「夏夜風雨無寐作」中四。壬辰。

敗節休芽蘗，尖風与削除。未秋神自肅，無女月相疏。「暑夜無雨有風」中四。壬辰。

偶然伸手摩星斗，未盡埋頭向簡編。夢裏飛花如可拾，胸中真想定誰傳。「孤懷須洞，經歲無語，長夏放閑，一廬自縱，星月滿天，胡牀仰臥，疑自太清人也」中四。癸巳。時年三十八。

天轉疎星沒，風翻宿鳥危。近聞長樂老，也作七哀詩。亡國寧無責，偷生竟有辭。春秋嚴斧鉞，爾汝欲何之。「天轉」癸巳。姑錄全章矣。

瞎縫姑讀平聲定跡寒蝠穩，活水通根病葉蘇。冷眼觀時得真解，深杯謀夢是良圖。「再題」中四。癸巳。

香車騷動聲爭夕，星漢橫流那見涯。善道晦明天上月，傾城榮悴雨中花。「夜坐」中四。癸巳。

宵深賓至且相酬，夢話何當說不休。朱首如堪久南面，黃河寧信忽西流。「答賓」起四。癸巳。

星火難分山上天，顛冬長夜對茫茫。驚濤恍在胸中瀉，缺月留青

劫後園默乞情者酬宿約欲揮風馬入無邊如何錯躡人間路更坐黃牛上水船「失沙咀夜渡」 癸巳 此首警語在結句故錄全章

未解紅鸞劫將傾白足禪從今迴向也消息報春先「迴向」後四 癸巳

佛地行多阻潮音聽易訛林疏風更緊天遠水空波「歲暮書懷」前四 癸巳

結想千行下迴天一默中霜風批月白心火迫燈紅 前題中四

肥甘易厭慣糠糟兒女喧行日幾遭一別心肝將欲裂今生牛馬豈辭勞但須理趣隨年長何必文章比父高歲暮燈前教夜讀失驚醉眼辨秋毫「歲暮燈前食貧自樂，率筆成此，不假作意也」 癸巳 自此年作後至丙申冬始見一首，蓋惟多力於太易，雖平生積好亦廢也。

一榻未能安反側眾賓休許是神僊北風吹急巢禽徙短袖寒多納手賢「晚寒」中四 丙申時年四十一矣 已移居大圍村任教聯合書院

蛟龍無好夢人物自高流食古從知味悲生易得秋「南椏島夜飲同水心潤桐簡談」中四 丁酉

高風宣道氣明月在深杯活國真餘事昌詩又一回 前題中四

深燈明滅心俱蕩獨客沉冥世亦殘一往身名文字老九霄風雨躍

飛雉二「暴風雨徹晨夕讀書不寐作」中四　丁酉。結云「讀書種子無多了，莫作牆根紙蠹看」時年四十

歲闌竊喜生春意，誘入聊當聽鼓聲。漸瘁花枝須活水，幾人夫壻
得专城「歲闌」中四、丁酉。

傾城顏色都拋卻，叔世功名奚以為。風雨退藏非惜命，乾坤將毀
密謀醫「風雨交加夜讀徹曉」中四、戊戌。時年四十三。

名高易与身相左，人好何煩月定圜。寸筴觀生知可大，一肩撐道
到無邊「六月十七日攬揆繼五兄作」中四、戊戌。

別館重尋憐藺足，真文三會老書園。來雲作好聯綿淨，去水無聲
獨自歸「新秋雜詩」中四、戊戌。

漸蒼昌谷平原想，並覈曹瞞碣石歌。幾因看花銷霸氣，寸心凝白
足禪那 前題中四。

正學高文一脈通，殷憂無奈老黃童。十年天日風波外，滿眼山川
洋淡中「戊戌十一月十一日，偕潤桐、蘭能、水心，攜聯大詩社諸子薄遊荃灣，憶故國立中山大學校長張子春先生，荃灣先生之塵墓在焉」前四。摩之曰「子春先生，南州摩照天

際真人久掌文衡，式矜石室，踐義和之欽若，序次星辰；方稷契之憂勤，贊襄化育，生材備九府之美，下觀協顯若之孚，其貞志動容，積中發外，德業所就，一二能詳歟。今秋壞於山崩，桐枯竹敗，瞻烏爰止，神翼不還，雖迴良風以助號，盪層波而化淚，何可以起貞魄於重泉，求昊天之一老哉！百身無贖，重可哀已。吾以弱才，猥居門下，受教君子垂二十禩，許神駿於支刪，伸長鳴於中坂，龍媒息跡，數段前驅，其為多幸。尋想往衡，至於中郎倒屣，於仲宣吏部稱文於叔喜，君游把臂，以貽詁言，子壽改容，而呼小友，浹於肌髓，何日忘之。頃者道側，送東風中回首，見靈臺之楊柳，想祭酒之生平，問精爽於何歸，哭風流之頓盡，又何止過衛人之舊館，遇一哀而出涕矣。嗟夫！余四十無聞，五更貧字，書圍坐老，箕口方張，舌筆無劃雞之功，赤舌逞燒城之酷，雖風霜節厲，艱危氣壞，傳宿火於孫枝，炳丹心於子夜，而神鍾沈於德水，龍光沒於延平，河東無解出宗之方，吳門有辨亡之論，言念君子，永送此辭，人遠山空，斜陽獨在，悲風起於將夕，鄰笛助其淒吟，不瞻南斗之輝，想甚西臺之慟，苦何揚州酸嘶於庾亮，曹孟德激感於橋玄，中意比方，未為非類。今錄發誄，非長歌之哀，甚於痛哭耶。」

幾家風柳競春色，萬頃煙波浴夕陽。性氣不隨千劫壞，詩書合勝百花香。「已亥人日」中四。時年四十四。

天日初無明暗面，陰晴終盡往來人。隨身有影寧非偶，舉眼觀空識此春。「獨行」中四。已亥。

真氣略能消積夢，閒門休與入新愁。當機未了前三旨，行世寧論第幾流。「夜起」中四。已亥。

紅雨春邊欺淚眼，向雲天末鬱鄉愁。燕來不誤東西屋，水靜渾忘上

下流「寄監用前韻」中四　己亥

散蟻追甜漸成陣寒蛛設卦獨占愁蟲魚無識寧非計歲月空過要倒流「寄監三用前韻」　己亥

未嗟筆禿几難成字正要峯尖與割愁天意果真妨直道星河誰信不横流「寄監四用前韻」　己亥

北固量才重佞君東阿何礙定吾文閒愁漸喜隨年減詩國初甘與子分葉淨休尋千日酒風高從掃九天雲「次韻熊潤桐見贈」前六　己亥時尚共在聯合書院鄭水心兄見之謂魯絢兄遠不競其結云「孫弘曲學今開閣相望呵呵意屬驃」今檢熊兄遺集原作已刪去何必哉

壞室編蓬也自安乾坤全向此中寬百圍大木村堪晒一片靈臺甚壯亦難「夜讀中吳」中四　己亥冬原題甚長此但取首四字耳時余已與曹君如梅馮君康侯謝君文龍梁君簡能同離聯合書院熊潤桐君則前去惟鄭君水心獨留耳緬想舊遊究此心目也

注腳書眉三十年排愁何地見何天花光不補朱顏減酒醆初尋午夢圓「閒窗春晝初得午睡覺來成此」前四　庚子時年四十五

張弛隨宜輒自謀堂堂行列往來游高風未易資凡鳥真氣知堪戰勁秋日月有明千劫在江山和夢十年休「重陽後四日偕偉文社同人雅集藍地偉園各賦」前六　辛丑時年四十六

南國惟冬夏（時港中只有冬令夏令，時聞此則是無春秋矣。「與諸生遊新界感賦」前四。丙午，時年五十一，惟溺於國故，不多吟詠者已數年矣）天公失主張　隨身嫌側影　無地不斜陽（「初復冬令時間之日」）

住世天教傳絕學　奇窮吾不厭餘生（「壓累嬰心，新秋猶作，狀此占此」五六。庚戌，時年五十五，已移居今之寓樓者兩年矣）

頂天時恨優神座　俯首徐圖改舊顏　歲月不居朋好少　江山依舊夢魂慳（「誰識」中四。庚戌，惟取篇首二字為題耳）

落落吾甘藏屋漏（有非擇寓。「西北隅謂之屋漏」）卑卑汝且立牆邊（「失題」三四。庚戌，余律詩中四句向少用疊字者）

舉國盲沈天不管　一人酸楚氣殊騰（「運青禪定起坐惆悵」。庚戌）

百世無吾師弟情　疑非疑幻淚長傾　傳誰刃劈千秋恨　從此天難一日明　早識渠魁張羿彀　並催神咒動心兵（「年來傳元盦師下世，吾未之信也，頃得余少颿寄輓詞萬逸，則吾師果真已矣，傷痛如之」前六。庚戌。今歲得閱吳宓老書，始確知本師謝世於丁未歲，三年後余始作此文）

炎風只益薑花壯　醉眼還欣夜月圓（「丙辰生朝，花甲再經」三四。丙辰，時年六十一，不為詩者且六年，蓋師逝有餘痛也）

乾坤獨挽隨長夏　師友相忘易十年（經緯書院停辦已九年矣）　壓絕塵驚接來日　起將沈恨塞還天（「立秋夕作示乃文」中四。丙辰）

櫪中誰惜驊騮老　限外同歸鳥鼠秋　百歲功名歸一枕　九霄風雨失層樓（「深秋風雨病懷酣睡感而賦此」中四。丙辰。自己亥賦四愁詩後直至今歲生朝，余自知詩文壓絕不進者首尾十八年，故惟溺於學，近歲且事樗蒲，務投機以驅陰霾，已盡除矣）

（隨手摘錄，已有五百餘聯，五七言集古不少，皆不在錄中矣）

編後語

先嚴陳湛銓教授遺著《修竹園詩選》一書得以順利付梓，實蒙何文匯教授鼎力玉成，深表銘感。《修竹園詩選》選自《修竹園詩前集》。所選者乃先嚴親選於一九七八年刊行之《修竹園近詩·修竹園詩前集摘句圖》，謹將摘句圖原詩並序文畢錄。

先嚴詩作數量達三萬六千餘首，集中於早年及晚年兩期。先嚴早年即以詩名，壯年違難來港後，作品不多，蓋以講習上庠為職志，沈溺於學術故也。至晚年詩興復熾，年逾數千首。有關資料，可參閱本書附錄所載劉士瑩世伯〈陳湛銓《修竹園詩集》序〉。先嚴丁巳（一九七七年）六十一歲後詩作，曾於香港刊行，計有戊午（一九七八年）《修竹園近詩》、癸亥（一九八三年）《修竹園近詩二集》及乙丑（一九八五年）《修竹園近詩三集》。近十餘年，學界研究先嚴詩及詩論，並集中談論其晚年之詩，對於早年詩作鮮有詳究，蓋其早年詩集尚未刊行也。

先嚴早年詩集《修竹園詩前集》手稿共四冊，詩作共千餘首，是先嚴自己卯（一九三九年）二十四歲至丙辰（一九七六年）六十一歲期間作品。主要為五、七言律詩，而五、七言長古亦不少。

《修竹園詩選》收選詩三百二十七首，計有七古一首、五律四十四首、七律二八二首。

五、七言集句凡五百餘聯。余兄弟姊妹擬將其整理成書，刊行天下。余乃依據《修竹園詩前集》四冊手稿，將〈修竹園詩前集摘句圖〉所據詩作，檢視校正，轉為電子文稿，並冠以新式標點。五兄海生、七妹香生協助校對，再由長兄樂生書名題籤。承何文匯教授協助，聯繫香港商務印書館，「伍福慈善基金」贊助出版；李鴻烈教授惠賜序文，劉士瑩夫人允予轉載〈陳湛銓《修竹園詩集》序〉一文，謹致衷心謝意。惟編校過程疏漏在所難免，大雅君子，祈為見諒。

二零一五年，歲次乙未，炎炎盛夏，編者謹誌。